백활영 수필집

# 아버지의 뒷모습

국립중앙도서관 출판시도서목록(CIP)

아버지의 뒷모습 : 백활영 수필집 / 지은이: 백활영. — 서울 : 지구문학, 2015
p. ; cm

ISBN 978-89-89240-67-9 03810 : ₩10000

한국 현대 수필[韓國現代隨筆]

814.7-KDC6
895.745-DDC23 CIP2015022136

백활영 수필집

# 아버지의 뒷모습

지구문학

# 1부

# 2부

# 3부

# 4부

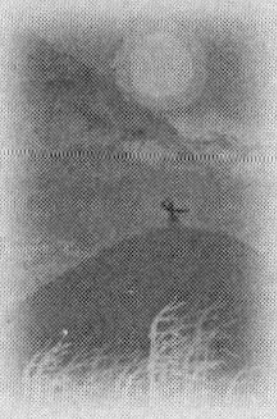

# 1부

# 아버지의 뒷모습

그러지 말았어야 했다.

예전처럼 아버님께 작별인사를 드리자마자 곧 차에 올라 서울로 내쳐 달려야 했다. 그런 후 얼마간의 서운함과 미안한 마음을 안고 다시 일상으로 돌아가면 되는 것이다.

헌데 이번 문안길에 나는 굳이 아버지가 대문 안으로 들어가시는 모습을 보고 차에 올랐던 게 잘못된 생각이었다.

아들에게 '잘 가라' 한 마디 하시고 힘없이 돌아서시던 아버지. 수분이 다한 굽은 고목나무 되어 허전하고 지루한 걸음걸이로 대문 안으로 드시는 그 모습.

내가 고향을 찾고, 어머님 묘소를 둘러보고, 아버지와 작별인사를 하고 헤어지던 일이 십여 년을 반복하면서도 이번처럼 안쓰러움과 통한의 기분, 싸한 아픔을 느껴본 적은 전엔 없었다.

그런데 이번은 왜 그랬을까?

아버지 연세가 이제 90을 넘기셔서였을까? 아니면 어머니와 사별하시고 지내신 지 10년을 넘기셔서였을까? 또는 자식이라곤 못난이 아들 하나뿐, 달리 돌봐드릴 사람이 없어서였을까? 아무튼 아버님은 여전히 건강에는 이상이 없으시고, 홀로 사시는 것도 이제 운명으로 받아들인 지 오래시니 이다지 가슴 아릴 게 뭐람.

똑같은 사물이나 사건을 접해도 경우에 따라 사람마다 느끼는 감정은 다르다.

누군가를 기다리는 사람에게 까치는 반가운 전령사가 되겠지만 수확을 앞둔 농부에게 까치는 귀찮은 불청객일 뿐이다. 또 다른 예로 가게에 진열된 먹음직스러운 빵도 배고픈 사람에게는 식욕을 불러일으키는 대상이 되지만 배부른 사람은 관심 밖의 것이 된다.

내 경우도 그렇다. 나는 2년 전에 아내를 잃었다. 십여 년 전에도 어머님을 여의었지만 '한 치 걸러 두 치' 라는 말이 있듯 그때만 해도 이런 감정은 오지 않았다. 그런데 나와 가장 가까웠던 사람을 잃고 허전히 견디기 어려운 시간들을 겪어본 후에 아버지의 뒷모습에서 나를 발견한 건 아닌지, 분명 동병상련의 정이 이토록 나를 슬프게 만드는가 보다.

사실 나는 어린 시절 아버지가 못마땅할 때도 있었다.

아버지는 누구네 부친처럼 '인생불학여명명야행人生不學如冥冥夜行'

(사람이 배우지 않는 것은 캄캄한 밤길을 걷는 것과 같다) 하고 읊조리는 한학에 조예가 있는 분도 아니셨다. 그렇다고 친구 아버지처럼 씨름판에서 송아지를 타 올 그런 힘도 없으셨다.

어쩌다 술이라도 반잔만 드시면 얼굴은 홍당무가 되어 방구들을 의지하고 누워 부르시는 노래란 늘상 '홍도야 우지 마라' 이었고 그것도 두 소절이 넘어가기 전에 가사는 뒤죽박죽이 되어 '순정인지 순종인지, 오빤지 아빤지' 엉망이 되어버렸다. 그뿐만이 아니었다. 어쩌다 부부싸움이라도 할 때면 아버지는 어머니에게 허물어지셨다. '사내대장부가 여자 하나 못 이기다니, 나는 절대 그런 사내는 되지 않겠노라' 다짐하며 그런 아버지가 불쌍하기까지 했다.

그런데 어느 여름날이었다. 우리 밭에서는 조를 심기 위해 사람들을 모아 밭일을 하고 있었다. 오후도 늦은 시간이라 사람들은 지칠 대로 지쳐 있었다. 그때 갑자기 빗방울이 떨어지고, 일꾼 중 누군가가 반가운 듯 '가라고 가랑비 오네!' 하고 외쳤다. 사람들은 기다리기라도 했다는 듯 반가운 소리에 농기구를 놓고 자리를 뜨려는 순간, '있으라고 이슬비 온다!' 고 크게 호통을 치시는 아버지. 그 호령에 사람들은 불평 한 마디 못하고 비를 맞으면서도 일을 끝낼 수가 있었다. 아버지는 그런 유머와 카리스마를 어디에 간직해 두셨던 것일까.

또 이런 일도 있었다. 6.25 전쟁이 터지자 어떤 마을은 빨갱이가 득세하는 좌익 편에 서는가 하면 경찰이나 군인, 공무원이 있던 마을은 우익으로 분류되었다. 우리 마을은 우익 편이었던지 빨갱이들이 몇 월 며칠 우리 마을 전체를 불태운다는 얘기를 듣게 된 것이다. 이웃 좌익 편 마을의 친척이 귀띔해 준 소식인데 이 말을 듣고 가만히 앉아 있을 어머니가 아니셨다.

우리 세 식구는 그 전날 꼭두새벽 개나리봇짐으로 다른 면에 살고 있는 친척집으로 향하고 있었다. 산속길로 들어서는 순간 갑자기 숲에서 '정지' 하며 한 사나이가 나타났다. 핏발 선 눈으로 쏘아보며 손에 든 권총은 내 가슴을 향하고 있었다.

"어디 가는 기요?"

세 식구의 생명이 걸려 있는 절체절명의 순간, 말 한 마디라도 잘못하면 그 총구에선 불을 뿜을 판이었다. 그렇게 그 사내는 온 밤을 쏘아다니며 처치해야 할 누군가를 찾아다녔던 게 분명했으니 말이다.

"제사 모시러 갑니다."

한 치의 망설임도 없이 그게 틀림없는 사실인 양 아버지는 당당하게 대답하셨다. 그리고 보통이 하나에서 마른 생선까지 꺼내 보이셨다.

"우리는 인민들을 편안하게 살게 하려는데 인민들이 소동이라니…. 빨리 다녀오기요."

"네, 알겠습니다."

그 자리를 벗어나자 '이제 살았다' 는 안도와 함께 나는 아버지의 그 임기응변에 감탄했다. 그리고 아버지에 대한 나의 생각도 점점 달라지게 되었다.

모르는 듯, 못 이기는 듯하시면서도 남들에게 뒤지지 않으시는 분, 유머와 지혜를 지녔으면서도 드러내지 않으시는 그런 아버지를 나는 좋아하게 되었다.

그런데 이제 그 아버지의 모습이 그리도 짠하고 허전하다. 보지 말았어야 할 그 모습을 보아버린 나는 그래서 더욱 연민과 단장의 슬픔에 가슴이 저민다.

# 양잿물, 그 맛

어린 시절엔 늘 그랬다.

어머니가 도회지나 장에라도 다녀오신 날은 내겐 생일이요 명절이었다. 말할 것도 없이 그런 날 어머니가 집에 돌아오시는 길엔 항상 과자나 과일, 아니면 엿과 같은 먹을거리가 어머님 손을 따라 들어왔기 때문이다.

그럼 그때 내가 할 일이란 그것들을 광에 있는 항아리나 정해진 나만의 은밀한 장소에 숨겨두고 한동안 즐겨 먹으면 그뿐이었다. 사실은 '숨겨둔다' 는 말은 우리 집에서는 그리 절실한 말은 아니었다. 식구라야 아버지, 어머니, 그리고 나 셋뿐이니 무엇이 모자라고 없어지는 일은 거의 생각할 수 없는 일이었다.

말하자면 아버지 것은 아버지 것, 내 것은 내 것으로 누구의 손을 타는 일도 없이 언제나 놓아둔 거기 그 자리에 있기 마련이었다. 따라서 어머니도 사 오신 물건을 정한 장소에 두기보다는 집안 아무데나 놓아두시면 그것들을 발견하는 재미도 내겐 무시할 수 없는 즐거움이 되었다.

그날도 어머니는 이른 아침 깨며 콩을 자루에 담아 이시고 도시(목포)로 향하셨다. 그리고 오후 5~6시가 넘어 그 곡식을 판 대가 얼마가 주렁주렁 어머니 손에 매어달려 올 것이었다.

그런 기대 때문이었던지 나는 해가 저무는 데에만 온통 정신이 팔려 딱지치기도 마음대로 되지 않았다. 호주머니에 가득했던 딱지를 다 잃어버리자 화가 치밀어 견딜 수가 없었다. 그래서 잃은 딱지를 얼마라도 찾을 욕심에 한 판 두 판 더 치고 있던 사이 어머니가 돌아오실 시간을 놓치고 있었던 것이다.

'이런, 내 정신 좀 봐.'

불현듯 생각이 떠오르자 이제 딱지 같은 것은 안중에도 없었다. 오직 어머니의 하사품(?)만 눈앞에 아른거렸다. 나는 내친걸음으로 집에 다다라 어머니를 찾았다.

그러나 어머니는 보이지 않았다. 그 사이 들에라도 나가신 게 분명하다. 아무려면 어떤가. 그때 나의 관심거리는 어머니가 아니었다. 다만 나를 위해 사오셨을 사탕이며 과자 등을 어디에 놓아두셨는가 찾아보면 되는 일이다.

방문을 열고 여기저기를 뒤져보았다. 그러나 색다르게 보이는 물건은 없었다. 이불 위로 올라 선반을 넘어다보아도 마찬가지였다. 광을 넘나들고 부엌을 헤매어도 새로운 무엇 하나 보이지 않았다.

'이럴 수가!'

있을 수 없는 사건이 실망감과 분노로 바뀌자 나는 '쾅' 문을 닫고 밖으로 뛰쳐나가려는 순간이었다. 바로 그때 누런 종이에 싸인 꾸러미 하나가 눈에 들어왔다.

그것은 분명 엿이었다.

'그럼 그렇지, 어머니가 내 선물을 빠뜨릴 리가 없어. 반갑고 조급한 마음에 나는 꾸러미를 풀고 엿가락—엿가락이라기엔 너무 하얀 색이었다—을 한 입 베어 물었다.

'앗' 순간 입안이 몹시 쓰고 불덩어리라도 삼킨 듯 뜨거워 나는 그것을 왝 뱉어내었다. 혓바닥이 산산조각이 나고 아팠다.

'아니 양잿물이잖아! 영기 아버지도 양잿물 먹고 죽었다던데, 나도 죽을지 몰라.'

겁에 질린 나는 어찌할 바를 모르고 끙끙대고만 있었다. 그런데 하늘이 도우셨을까. 이웃집 아주머니가 나타나셨던 것이다. 그리고 그녀는 아주 능숙한 의사라도 되듯 양잿물 먹은 데는 구정물이 최상의 약이라며 내게 구정물을 먹이고 또 칫솔로 혀를 닦아내게 했다.

그 역겨운 시간이 지난 후 이빨로 혓바닥을 쓸어 보니 혀는 흡사 발고랑 패이듯 쫙쫙 갈라져 있었다.

나는 이제 완전히 병신이 되었다고 생각했다. 음식을 먹거나 아니면 말하는 데도 문제가 되지는 않을지 걱정되었다. 그때 아주머니는 내가 양잿물을 목안으로 넘긴 건 아니니 얼마가 지나면 괜찮을 거라 위로해 주셨다.

경험자 같은 그런 분명한 위로에도 '혹시' 하는 마음에 나의 하루하루는 온통 혓바닥에 신경이 쏠려 있는데 정말 다행스럽게도 일주일쯤 후에 내 혀는 다시 아물고 나는 생명을 다시 찾은 것처럼 기쁨을 맛보았다.

아무튼 그때 그 일을 떠올릴 때면 지금도 나는 등골이 오싹하고 혀가 짜릿짜릿 아파온다. 헌데 지금까지도 알 수 없는 한 가지 의문이 있다.

그것은 그날 밭일을 끝내고 집에 돌아오신 어머니는 왜 삼대독자인 내 '위기의 순간' 얘기를 들으시고도 여느 때처럼 놀라거나 안쓰러운 기색을 보이지 않으셨을까. 혹시 너무도 놀라셔서 말씀을 잃었던지, 아니면 '욕심은 사망을 낳는다'는 교훈이라도 주시려고 했던 것인지….

아무튼 그 사건 이후 어머니는 물건을 아무 데나 놓아두진 않으셨다. 그리고 나도 양잿물 맛이 어떻다는 것과 어떤 일이든 행동에 앞서 먼저 살피고 생각해 보아야 한다는 값진 교훈을 얻었다.

# 전에 들었던 이야기

슈퍼에서 과일 두어 가지에 커피 등을 사고 나니 그 값이 십 만원이 훨씬 넘는다. 신문에선 연일 물가가 70%로 오르고 배추 값이 몇 배로 올랐다고 떠들어도 남의 얘기로만 들어 넘기다가 막상 장바구니를 들고 물건을 사 보니 그 말이 실감된다.

얼마 전까지만 해도 만 원 한 장이면 상당했던 가치가 지금은 천 원보다 더 떨어진 기분이다. 그렇다보니 견물생심見物生心의 습성을 벗어나지 못한 내 기질에 매달 나가는 지출이 수입을 껑충 넘기 십상이다.

그런데 아내는 보잘것 없는 내 박봉으로 자식들을 교육시키며 적은 돈이나마 저축하며 살 수 있었다니 그 지혜와 살림 솜씨가 이제 생각하니 새삼 대견하고 존경스럽다. 그러니 그녀의 빈 자리가 못내 아쉬울 뿐이다.

아내의 절약과 저축 생각을 하다 보니 불현듯 고교시절 선생님이 들려주셨던 일화가 떠오른다. 그 내용은 이렇다.

예전에 아주 친한 초등학교 동창생 둘이 있었단다. 세월이 흐른 후 한 친구는 빈둥거리며 노는 것 같은데도 고래등 같은 기와집에서 떵떵거리며 살고, 또 다른 친구는 꼭두새벽부터 등골이 빠지게 일하는데도 호구지책糊口之策으로 가난을 벗어나지 못했다.

그러던 어느 날 그 가난한 친구는 부자 친구 집을 찾아 나섰다. 어떻게 부자가 될 수 있는지 그 내력이라도 듣고 싶어서였다. 점심식사가 끝난 후 가난한 친구는 넌지시 부자로 살게 된 내력을 물었다. 그때 부자 친구는 빙그레 웃으며 이런 제안을 했더란다.

"그래, 내가 부자 되는 방법을 일러줄 터이니 불평하지 말고 내가 시키는 일을 하게나."

친구가 시키는 일이란 다른게 아니라 우물터에 가서 항아리에 물을 채우라는 제안이었다.

'아니 그렇게 쉬운 일로 부자 되는 법을 알아낼 수 있다면야.'

가난한 친구는 그 즉시 우물터로 달려가 물을 긷기 시작했다. 그런데 아무리 물을 퍼 담아도 항아리에 물은 찰 생각을 하지 않았다. 알고 보니 두레박은 새 것인데 항아리는 밑에 금이 간 깨어진 그릇이었던 것이다. 그러니 두레박으로 한 가득 퍼 올린 물을 항아리에 붓는 순간 슬슬 새어나가니 물이 남아 있을 리가 없었다. 친구에게 이 사실을 알리자 부자 친구는 웃으며 또 같은 일을 다시 한 번 더 해 보라는 제안을 했다. 헌데 이번엔 전과는 상황이 달랐다. 두레박은 밑이 빠져 있었고 항아리는 새것이었다. 두레박으로 훅 퍼 올린 물이 한 방울씩 항아리에 떨어져 시간이 흐르자 물은 반 항아리나 차게 되었다. 일이 끝나고 가난한 친구는 부자에게 물었다.

"이제 부자 되는 비결을 알려주게나."

그러자 부자 친구는 질책하듯 그에게 되물었다.

"자네 보지 않았나?"

"무얼 말인가?"

"아까 물 긷는 일 하면서 보았던 것 말일세. 새 두레박에 물이 가득 차듯 아무리 많은 돈을 벌어도 깨어진 독처럼 씀씀이가 헤프면 돈은 남아 있지 않는 것 아닌가. 그러나 밑 빠진 두레박처럼 퍼 올린 물이 몇 방울 되지 않아도 새 항아리처럼 조금씩 모으면 돈은 쌓이게 마련이네. 바로 적소성대積小成大라는 얘기네."

"알겠네. 절약 저축하라는 얘기, 생각해 보니 우리 식구들은 벌이에 비해 씀씀이가 너무 헤픈 게 사실이네."

저녁식사 후 고맙다는 인사를 하고 떠나려는데 부자 친구는 다시 그를 불러들였다.

"내가 한 가지 더 가르쳐 줄 것이 있네. 오늘 밤 집에서 묵고 가게."

자리에 누워 두 친구는 옛 어린시절 추억담을 이야기하다 보니 어느덧 자정이 지났다. 그런데 그때 부자 친구는 갑자기 자고 있는 자기 마누라를 불렀다.

"여보, 임자."

"네."

"친구가 속이 출출하다고 하니 달걀을 풀어 죽 좀 쑤어 드리게."

"네, 알겠어요."

들어온 죽 그릇을 다 비우기도 전에 부자 친구는 이번엔 자식들을 불렀다.

"철호야, 승호야, 동호야."

"예, 아버지"

"비가 올 듯하니 마당에 있는 장작들을 광으로 들여라."

"네, 알겠습니다."

얼마 후 그들은 일이 다 끝났다는 보고를 한 뒤 자기들 방으로 들어갔다. 하인을 시켜도 될 일을 자식들에게 하게 한 이유를 알 듯 말 듯해, 조반을 들면서 가난한 친구가 물었다.

"자네가 한 가지 더 가르쳐 줄 게 있다는 것이 무엇인가?"

"응, 어젯밤에 내 내자와 자식들이 한 일을 보지 않았나."

"그래, 그런 일이라면 우리 집에서도 가능할 듯하네만…."

가난한 친구는 집으로 돌아가 저녁을 먹은 후 자정이 못되어 자기 아내를 깨웠다.

"여보, 여보 마누라."

아무리 불러도 대답이 없었다. 고래고래 소리를 지르자 그때서야 눈을 비비며 일어나 '왜요?' 앙칼진 목소리로 물었다. 거기에 무슨 말을 더해 보겠는가.

이제 아이들을 깨어 보았다.

"재수야, 먹수야, 원수야!"

천둥치는 소리가 몇 번 이어지자 아이들은 겨우 눈을 부비며 일어나 묻는다.

"왜요, 아버지."

"응, 비가 올 듯하니 마당에 널어놓은 솔가지들을 부엌으로 들여라."

그러자 자식들은 하늘을 쳐다보며 불평을 해대는 것이 아닌가.

"별이 총총한데 무슨 비가 온다고…. 아버지, 노망들었어요?"

가난한 그 친구는 그때서야 부자 친구와 자기 가족이 어떻게 다른지를 절감했다.

고교시절에 선생님으로부터 들었던 적소성대積小成大며, 자효쌍친락子孝雙親樂, 가화만사성家和萬事成(자식이 부모에게 효도하면 즐겁고, 가정은 화목하여 모든 일이 형통하다) 같은 글귀들이 지금도 뇌리에 생생한데 나는 무엇을 실천하고 있는 건지….

# 무용지용無用之用

"에이, 참!"

나는 실망하여 투덜거렸다. 욕실에서 머리를 빗으려다 손을 놓쳐 빗을 바닥에 떨어뜨렸던 것이다. 그런데 '탁' 하며 떨어진 빗은 몇 조각으로 박살이 났다.

"중국제가 뻔하지, 뭐."

방에서 다리미질하던 아내가 그 순간을 기다리기라도 했다는 듯 핀잔을 주었다.

사실 '싼 게 비지떡' 이라는 속담처럼 몇 천 원 안팎의 중국제 물건들은 더러 실망스러울 때가 있긴 하다. 그래서 몇 번의 나쁜 경험을 가진 뒤 아내는 중국산 물건에 무슨 살煞이라도 낀 양 그것들을 볼 때마다 바퀴벌레라도 씹은 표정을 짓거나, 아니면 발사돈 거시기라도 봐 버린 상판을 하고는 고개를 돌렸다.

그러나 그런 불평엔 아랑곳없이 지금까지 나는 중국제 물건의 마니아가 되어 있다.

우선 단돈 몇 천 원으로 온갖 종류의 필수품들을 부담 없이 안아 보는 즐거움이라니! 누가 정교한 손재주로 그렇게 편리하고 때로는 앙

증맞으며 귀엽기마저 한 물건들을 만들 수 있단 말인가.

물론 이 빗도 지하철 역 '천 원짜리 가게' 에서 산 것이었다. 더구나 이번 빗은 둥글게 굴려 깎은 손잡이가 잘 빠진 여인의 몸매처럼 색감이며 감촉도 좋아 나는 머리를 빗질할 때는 거의 무의식적으로 이것만을 애용해 오던 터였다.

헌데 아침에 실수로 손을 놓쳐 빗을 바닥에 떨어뜨렸던 것이다. 그리고 알고 보니 그것은 내가 생각했던 나무 재질이 아니라 플라스틱 제재였다.

그래 바닥에 떨어지자 산산조각으로 깨어졌다.

허탈하고 서운한 마음에 너댓 조각으로 깨어져 널브러진 조각을 주워 모아 나는 강력접착제로 땜질하고 있었다. 헌데 그 꼴을 본 아내가 그대로 넘어갈 리가 없었다.

쓸데없는 곳에는 돈을 펑펑 낭비하면서 그깟 천 원짜리 빗 하나 가지고 궁상이라는 것이다.

헌데 세상일이라는 것이 어디 돈만 가지고 따질 수 있던가. 사람 사이는 말할 것도 없고 동물이나 사소한 물건 하나라도 시간을 함께 하는 동안 정은 묻어나기 마련이요, 지금 이 빗도 예외는 아니다.

그런데 이 빗은 땅에 떨어지면서 빗살도 일부가 떨어져 나가 나의 봉합 솜씨로는 아무짝에도 쓸모없는 물건이 되어 버렸다. 그래도 매끄러운 손잡이 부분은 살아 있어 그것을 여러 빗 사이에 꽂아 두었던 것은 순전히 나의 별난 애착의 정이라 해야 할지….

나와는 반대로 아내는 그 쓰지도 못할 머리빗이 빗통에 꽂혀 있는 걸 볼 때마다 미운 의붓자식 보듯 몇 번이고 집어내어 던져버리고 싶었으리라.

그러나 버린 후의 다툼이 두려웠던지 굴뚝 같은 마음을 억누르고 참고 있을 뿐이었다. 허나 언제고 세면대를 대청소하게 되면 그것도 깨끗이 사라질 운명이었다.

그러던 어느 날 아침 부엌에서 사건이 벌어졌다. 싱크대의 수도꼭지와 연결된 고무호스가 삭아 떨어져 버린 것이다. 물은 힘차게 솟구쳐 삽시간에 온 마룻바닥을 강으로 만들고 있었다.

그때 아침 준비를 하려던 아내는 이 사태 수습에 진땀을 빼고 있었다. 고무호스를 움켜쥐고 무엇으로 막아 보려 했으나 허사였다. 대야를 받쳐도 보고, 바가지, 양동이를 총동원시켜도 부질없는 짓이었다. 물은 급기야 마루턱을 넘어 계단을 타고 아래층으로 흘러내리기 시작했다. 그걸 막아보려고 필사적으로 대걸레질을 해댔으나 가당치도 않았다.

잠시 후면 온 집이 물바다가 될 절체절명의 순간이었다.

그때 내 머리에 떠오른 한 생각, 바로 그 중국산 머리빗이었다. 그 빗의 손잡이로 호스 구멍을 막으면 되지 않을까. 나는 잽싸게 욕실로 들어가 그것을 찾아냈다. 그리고 그 빗의 손잡이 끝부분부터 호스 구멍으로 밀어 넣었다.

날렵한 여인의 몸이라도 연상되는 그 빗의 손잡이는 허리 윗부분으로 올라가면서 호스 구멍을 막는 데 그리도 안성맞춤이었다. 물은 언제 그랬냐는 듯 솟구침을 멈추었는데, 그때 느꼈던 그 성취감이라니! 깨어진 빗의 손잡이가 그렇게 큰일을 해냈던 것이다. 무용지용無用之用— 쓸모없는 것의 쓸모 있음. 바로 장자莊子의 인간세편人間世篇이 생각나는 순간이었다.

다시 말하자면 몰유무용지물沒有無用之物, 세상에 쓸모없는 것은 없다는 이야기다. 다만 그것들이 아직 쓰임을 받지 못하고 있을 뿐이다.

아내는 마루의 물을 퍼 싱크대에 버리면서 나를 보고 미소지었다. 그 웃음 속엔 일이 의외로 쉽게 해결되었다는 안도감이 숨어 있으리라.

그리고 내가 늘 핀잔을 받던 남편만은 아니요, 항상 눈엣가시 같던 그 쓸모없던 빗이 그렇게 요긴하게 쓰일 수도 있다는 장자의 그 무용지용의 교훈이라도 터득하게 된 것이리라.

# 거시기 소고小考

어릴 적 내 고향엔 유별나게 말을 더듬던 친구 하나가 있었다. 그래서 그 친구와 함께 한참을 놀다 보면 누구나 말더듬이가 되어버리는데, 나도 그 애와 같이 놀다 말을 더듬던 일로 부모님에게 몇 번 꾸중을 들었던 기억이 있다.

그렇지만 그와 함께 노는 것은 늘 즐겁고 기분이 좋았는데, 그는 남보다 키도 크고 힘도 무척 세었으나 누구를 괴롭히거나 깔보는 일 없이 항상 약자 편을 드는 착한 성격을 지녔기 때문이었다.

아무튼 그는 말을 더듬는 일로 특별히 불편하다거나 어려움을 느끼며 지냈던 것 같지는 않다. 그것은 '거시기' 라는 막강한 무기를 지녔던 때문인데 내가 본 바로 그에게 '거시기' 는 만병통치약 같은 것이었다.

그는 가끔 우리 집에 들러 '저, 거―시―기' 하고 말을 더듬는다. 그러면 아버지는 '자, 삽 여기 있다' 하고 내어주시거나 아니면 '쇠스랑 빌려달라고?' 하시면서 그가 요구한 물건을 틀림없이 내어주시는 것이었다.

물론 '거시기는 귀신도 모른다' 는 속담도 있듯이 어떤 때는 그의 몸짓까지를 필요로 할 때도 있긴 하지만 그는 별 어려움 없이 누구와도 의사소통을 잘도 했다.

그는 '거－시－기' 라는 말로 덕을 본 경우도 많았다. 학교에서 선생님이 숙제검사를 하거나 어려운 문제를 물을 때는 그는 예외 없이 '거－시－기' 로 나오고 속이 터진 선생님은 그를 제외시키셨다. 또 개구쟁이 장난으로 어른들의 꾸중을 듣게 되는 때도 그는 면죄부를 얻었던 것이다.

그런데 알고 보면 그처럼 그에게 요긴한 '거시기' 는 그의 전유물만은 아니다. 그것은 사전에 등재된 엄연한 표준어로 그 뜻을 보면 '사람이나 사물의 이름이 얼른 떠오르지 않거나 직접 말하기 거북할 때, 그 대신 쓰는 말' 이라 정의되어 있다.

그리고 이 말은 어느 지방에서나 두루 사용되고 있긴 하지만 전라도와 충청도에서 그 쓰임의 빈도가 높고, 특히 전라도지방에서 그 쓰임이나 표현방법이 다양하기 때문에 '거시기' 는 전라도 방언처럼 인식되고 있을 뿐이다.

'거시기' 가 갖고 있는 뉘앙스나 정감은 다른 지역에선 몰라도 전라도, 특히 내 경우엔 언제나 더할 수 없이 친숙하고 정겨움을 주는 말이다. '거시기'의 장단고저에 따라 느끼는 감정은 수를 헤아리기 어렵다. 누군가 '어, 거시기!' 하고 톤을 높였다면 그것은 필시 불만이나 말다툼의 실마리가 되는 것이다. 또 '저, 거—시—기' 하고 낮은 톤으로 느리게 말했다면 그것은 어떤 일에 대한 미안의 표시이거나 사정조의 표현이 될 것이다.

이와 같은 뉘앙스 때문에 우리 고향에서는 '아무개는 말을 거시기로 시작해서 거시기로 끝낸다'는 얘기도 있다. 이제 여기 내가 '거시기'에서 느낀 정감 하나를 적어본다.

어느 날 나는 고향 친구와 횟집에 갈 계획이었다. 그런데 그가 전화로 '어, 그 거시기' 하고 말하는 순간 내 코엔 비릿한 고향 바다의 내음이 스며오고 눈앞에서 전어며, 낙지, 숭어가 뛰어 놀며, 입속에선 이미 싱싱한 회가 씹히는 착각까지 일으킨 적이 있다. 이처럼 '거시기'는 나의 감정을 가장 빨리 전이시키는 쾌속정이요, 언어의 별미인 것이다.

그런데 '거시기'라는 말은 어떻게 생겨난 것일까. 궁금하고 답답한 마음에 나는 몇 분의 국어를 전공하시는 분들에게 물어보았다. 그런데 돌아온 것은 사전적 의미 외엔 내 마음을 시원하게 해 주는 답을 얻지 못했다.

그러다가 어느 날 나는 '거시기' 에 걸신들린 사람처럼 입속으로 '거시기, 거시기, 거시기' 를 수없이 반복해 보았다. 그랬더니 내 귀에서 '거시기' 는 '그것이, 그것이' 로 들려오지 않는가. 아, 사람들이 어떤 이름이나 일, 또는 그 해결방법이 금방 떠오르지 않자, '그것이, 그것이' 하고 더듬다가 '거시기' 라는 표현으로 바뀐 게 틀림없다고, 나는 확증된 바 없는 나대로의 결론을 내리고 좋아했다.

사실 언어란 일종의 유기체로 새롭게 생성되고 변형되며 소멸하기 때문에 그러한 추측이 허황한 것만은 아니라고 생각한다.

예를 들면 어떤 말들은 시대와 지방과 장소가 바뀌면서 변형된 것을 볼 수 있다.

'딤채' 가 '김치' 로 되거나 '그것' 이라는 표준어가 경상도에선 '그기' 또 전라도에선 '기' 로 줄어들거나 '선생님' 이 경상도에선 '샘' 으로 줄기도 하고, 또 이문구 씨의 《관촌수필》을 참고하자면 시골 장터에서 그 날의 물건 값을 정할 때 (정한금) 전에 미리 띄워 보는 가격을 '띄운금' 이라 하는데 그 말이 줄어들어 '뜬금' 으로 되었다는 것이다.

그래서 '거시기' 의 변형에 대한 내 결론은 타당성 있는 추측이라 생각하면서 이 시간에도 나는 '거시기' 의 '거시기' 한 맛에 흠뻑 '거시기' 하고 있다.

# 먹을 가까이 하니

나는 지금 고추와 상추를 심고 있다. 이 일은 내게 주어진 운명이나 되는 것처럼 말이다.

옥상에 가꾸어 놓은 화단에 매실 꽃 피고 앵두나무 꽃망울 물오르면 내게는 차마 어쩌지 못하는 고질병이 있다. 당장 화훼마을을 찾아가지 않으면 풀리지 않는 그런 병이다. 그곳에서 모판에 오붓이 올라온 고추며 상추 모를 고르고, 브로콜리, 쑥갓, 들깨 모종을 푸짐하게 차에 싣는다. 그리고 집으로 돌아오는 길은 마치 길을 걷다가 값진 보물이라도 주운 기분으로 마냥 즐겁다.

채소를 한 포기씩 정성들여 심어가는 시간은 번거로운 온갖 세상일 다 잊고 마음은 더 할 수 없는 평온에 젖게 해 준다. 게다가 날마다 무럭무럭 자랄 채소들의 모습을 떠올리노라면 어느새 뿌듯한 포만의 미소가 입가로 번진다.

그러나 사실 풀 한 포기 기르는 일도 그리 녹록치만은 않다. '곡식은 주인의 발걸음 소리로 자란다' 는 속담도 있듯 아침저녁 채소의 상태를 살피고, 벌레를 잡아내야 하며 잡초를 뽑고 긴 여름 내내 물을 주어야 하는 수고는 가벼운 일이 아니다. 단 하루의 방심으로도 연약

한 식물은 말라 죽을 수 있다. 그리고 아무리 정성을 쏟아도 원래 바탕이 나쁜 모종을 샀거나 기타의 여건으로 결실이 기대에 미치지 못하는 일은 늘 따르기 마련이다.

수 년 전 우리는 고추 농사를 망친 경험이 있었다. 가게 주인이 좋은 모종이라고 장담하며 팔았던 50포기가 넘는 고추모종이 자라는 꼴이 가관이었다. 열린 고추라는 게 어린아이 새끼손가락 크기로 자라더니 모두 하늘을 향하고 익어가는 것이었다. 꼿꼿이 하늘 향한 알량한 꼬락서니들이라니! 그 여름에 풋고추 하나 따먹어보지 못하고 공연한 헛수고만 했던 일을 떠올리노라면 저절로 실없는 미소가 터진다. 그래 몇 번의 나쁜 경험으로라면 지금쯤은 그런 부질없는 일일랑 그만 둘 만도 한데 나는 왜 이렇게 계속하고 있는 것일까.

혹자는 내게 무슨 식물을 잘 기르는 능력(green thumb)이라도 지녔나 생각할 지도 모르겠다. 그러나 시골에서 자랐으면서도 나는 무엇 하나 길러본 경험도 없고 느긋한 인내심도 없는 덤벙이일 뿐이다.

딱 한 번 초등학교 5학년 봄이었던가. 학교 급사 아저씨가 운동장 가에 서 있는 플라타너스 나무 전지작업을 할 때, 잘라낸 가지 하나를 주워다가 우리 산에 심은 적이 있었다. 어린 눈에 플라타너스 둥근 열매가 그리도 보기에 좋아서였다.

그런데 그 가지가 뿌리를 내리고 제법 나무 구실을 할 무렵 동리 아이들이 그 나무를 올라타고 흔들어 그 나무는 고사되었다. 그 경험 외에 나는 식물을 길러보았던 어떤 인연도 없었다. 그러다가 화초 기르기를 별스럽게 좋아하는 아내를 만났고 그 곁에서 '먹을 가까이 하면 검어지기 마련이듯' 그렇게 시나브로 닮아간 것이다.

사실 아내와 나는 처음엔 닮은 점이라고는 거의 없었다. 독자로 자라온 나는 독선적이요 감정적인 반면, 아내는 이지적이라고 할까, 꼼꼼히 따지기를 좋아하는 성격이었다. 그리고 취미며 좋아하는 색상이나 식성까지도 우린 너무 달랐다. 노란 색을 좋아하는 나는 녹색을 고집하는 아내를 이해할 수 없었다. 신 김치를 좋아하는 나와 풋김치를 즐기는 아내. 매사를 빨리 끝내기를 좋아하는 나와 더디지만 완벽을 기하려는 그녀와는 차이가 컸다. 엇물린 지퍼나 꼬인 실처럼 나와 그녀는 뒤틀리고 엉킬 때가 많았다.

그러나 세월은 날카로운 돌 모서리를 갈고 닦아 무디게 만들 듯 하루 또 하루 우리는 서로 부딪치며 점점 가까워졌다. 그 결과 내 걸음을 아내가 따르고 아내의 취미를 내가 따르게 된 셈이다.

그런데 눈빛 하나로도 서로의 감정을 잘도 읽어 갈 무렵 아내는 세상을 놓았다. 그래서 영상으로 떠오른 어떤 장면도 늘 아름답게 보이듯 미운 정 고운 정 세월 속에 녹아든 그 기억들은 잔영으로 남아 있고, 오늘도 이렇게 내가 채소를 심고 있는 것은 먹을 가까이 하면 먹물이 묻듯, 내 속에 아내가 들어와 있기 때문이다.

# 숭어 세 마리

마분지에 쌓인 숭어 세 마리가 부뚜막에 놓여있다.

은빛 비늘이 반짝인다. 눈알이 초롱초롱하다. 아직도 따스한 체온이 느껴진다. 금방이라도 물방울을 퉁기며 바다로 헤엄쳐 달아날 것 같은 표정들.

'누가 갖다 놓은 생선일까?'

여사는 군침을 꿀꺽 삼키며 그 고기를 가져올 만한 얼굴들을 먼저 떠올려본다.

도무지 알 수가 없다. 20여 년 전 남편과 친족들마저 전쟁의 소용돌이 속으로 휩쓸려가고 어린 아들 하나만으로 삶의 의미를 삼아 견뎌온 시간들, 그녀에겐 생선을 갖다 놓을 만한 친척도 없었다. 더구나 길지 않았던 남편과의 결혼생활에서 근엄과 절제만을 체득해 온 그녀가 젊은 과부로서 지녀야 할 미덕은 말도 많은 세상과 너무 가까이 하지 않는 것이었다.

그렇다 보니 당연히 친히 지낸 이웃도 있을 리 없다.

이런 오리무중의 의문 속에서도 그녀는 하얀 숭어의 속살을 한 숟갈 흠뻑 떠올려 삼킨다. 부드럽고 매콤한 매운탕 맛이 달짝지근 입속에 감돌고 이마엔 땀방울마저 맺힌다.

순간 그녀는 놀라 숟가락을 떨어뜨린다.

'내가 지금 무슨 짓을 하고 있단 말인가?'

몹쓸 불경죄라도 저지른 사람처럼 그녀는 자세를 가다듬고 고쳐 앉는다.

언제인지도 모르게 참으로 오랜만에 얻은 음식을, 그것도 귀하디귀한 생선을 아들보다 먼저 입에 넣는다는 일은 있을 수도 없고 생각만으로도 죄를 짓는 짓이었다. 그보다도 우선 근거도 알 수 없는 그 고기를 아들의 허락 없이 요리한다는 자체가 그녀에게는 용납되지 않는 일이었다.

그런데 그 생선을 요리해 아들보다 먼저 먹는 상상까지 해 보다니….

살아오면서 그녀는 무엇 하나 자기 의지대로 해본 일이 없었다. 시간이 흐를수록 생활의 중심엔 아들이 자리하고 있었다. 그러나 삼종지예三從之禮를 여자의 미덕으로 알아온 그녀에겐 어떠한 모진 삶도 다만 운명으로 치부하며 그렇게 살아갈 뿐인 것이다.

사실 전에는 가냘프고 힘없는 어린 새순 같던 아들을 모진 역경과 때로는 수모도 참아가며 기르고 가르친 후, 이제 그 애가 그늘을 드리워주는 커다란 버팀목이 되었다는 생각에 그녀는 안도와 뿌듯한 성취감도 느꼈다.

그러나 그런 생각도 잠깐, 마치 훌쩍 자란 나무가 햇볕을 막아 주위의 작은 나무들에게 불편함을 주듯, 그녀에게 귀염이며 희망이요 위로였던 아들은 어느 사이 그녀의 상전이요 재판관이 되어 있었던 것이다.

그래서 당연히 이번 생선을 처리하는 문제도 전적으로 아들의 지시를 따라야 하기에 비늘 하나라도 그녀의 자력으로 할 수 있는 일은 없었다.

그래 그녀는 아들이 직장에서 돌아오기만을 기다렸다. 그녀의 아들은 M고등학교의 역사교사이다. 금년 대학을 졸업하고 교편을 잡은 지 겨우 7개월로 접어든 신출내기. 학교에서 그는 학생들에게는 자상하고 애정을 베푸는 형 같은 인기 많은 교사로 통한다.

그러나 그런 부드러운 성격과는 달리 그의 내면에는 아버지로부터

물려받은 강직성과 정의감에 불타는 청년이었으며, 원칙에 충실하고 불의와 타협할 줄 모르는 젊은이였다.

그런 그가 집에 돌아오자 어머니에게 지시한 말은 불을 보듯 훤한 것이었다.

생선들은 차치하고 생선을 싼 종이에라도 손을 대서는 안 된다는 것이 그의 지론이었다. 누가 가져온 줄도 모르는 것을 함부로 손댈 수 없다는 그의 말은 백 번 옳은 얘기이다. 그녀도 그 점은 당연한 사실로 받아들였다.

그러나 하루가 지나자 고기들은 생기를 잃고 눈알이 붉게 충혈되어 갔다. 머지않아 그것들은 부패되어 버려질 것이다. 그렇다면 고기를 끓여 먹는 것이 썩도록 놓아두었다가 버리는 것보다 더 현명한 일임은 틀림없는 사실이다.

그러나 아들의 고집스런 성격을 너무나 잘 알고 있는 그녀로서는 갈등할 수밖에 없었다. 한 번 더 사정해 보아야 할지 말아야 할지를….

사실 '이 설움 저 설움해도 배고픈 설움이 제일 크다' 는 속담이 있다. 1950년대의 우리나라는 도처에 굶주려 죽은 사람들도 많았다. 허기를 달래려고 산이나 들에서 나는 독초를 먹고 목숨을 잃거나, 독 있는 물고기를 먹고 희생된 사람도 있었다.

하루에 한 끼로 살아가는 사람, 또 식구들의 끼니를 늘리기 위해 산이나 들에서 풀이며 나무새를 캐어 와 적은 양의 식량과 섞어 죽으로 때우는 가정이 대부분이었다. 그리고 동냥자루를 끼고 이곳저곳 구걸하는 사람들도 더러 있었다. 그녀도 예외는 아니어서 자식 뒷바라지를 위해 품팔이며 행상으로 끼니를 거르는 날이 하루 이틀이 아니었다.

이제 아들이 선생이 된 뒤 겨우 남의 빚을 갚아가며 근근이 살고 있는 형편이라 마음 놓고 고기 한 근 사먹기도 쉽지 않은 터였다. 그런데 절로 들어온 생선 세 마리, 그것을 썩혀 버린다는 것도 또한 양심의 가책이라 생각했다.

생선이 부엌에 놓인 지 이틀 째 되는 날 아침, 그녀는 큰 맘 먹고 아들에게 다시 사정해 보았다. '음식을 두고 먹지 않고 썩혀 버리는 일도 죄악일 터이니 그걸 끓여먹고 생각해 보자' 는 얘기였다.

그러나 아들은 냉담하게도 '썩든 곯아지든 그것을 그대로 두라'는 대꾸였다.

설움도 가지가지이듯 배고픈 느낌도 다 같을 수는 없다. 먹을 것이 없어 굶주리는 것이야 어찌 할 수 없는 일이겠으나, 먹을 것을 앞에 두고 먹지 못하는 설움은 더욱 초라하고 견디기 어려운 설움이리라. 그날 밤도 그녀는 부엌의 그 생선이 눈에 아른거려 잠을 설쳤다.

이제라도 누군가 나타나 자기가 그 생선을 놓고 간 장본인이라고 알려준다면 더할 나위 없이 좋으련만, 그런 사람은 끝내 나타나지 않았다.

곰곰이 생각해 보면 여사에게도 잡히는 감은 있었다. 고기를 두고 간 학생은 아들인 선생님을 무척 따르거나 아니면 선생님에게 특별히 신세를 진 학생일 것이라는 추측이다.

그런데 최근 아들은 학생들의 패싸움질로 골머리를 앓고 있는 눈치였다. 그리고 그중에 제법 공부도 잘 하는 학생 하나가 의협심으로 싸움에 끼어들어 다른 학생들과 일괄 퇴학처분을 당하게 된 것을 아들이 가까스로 구했다는 사실도 어렴풋이 알고 있었다.

그렇다면 고기를 두고 간 장본인은 십중팔구 신세를 많이 진 그 학생일 터이다. 그 학생은 감사의 표시로 고기를 부엌에 갖다놓았다. 그리고 숫기가 모자라 아직도 고백을 못하고 있는 것이다. 이 얼마나 아이러니한 사건인가.

예를 들면 어떤 사람이 바다에서 잡아온 조개를 이웃에게 나누어주었는데 그걸 끓여먹은 이웃이 배탈이나 병원신세를 졌다거나, 또는 만원 버스 안에서 서로 자리를 양보하다가 앉은 사람이 누군가 의자 위에 버려둔 껌으로 바지를 망친 것처럼 그 학생은 자기가 베푼 선행이 상대에게 큰 고통만 준 셈이 되었으니 말이다.

숭어가 그렇게 놓인 지 나흘째 되던 날 부엌은 온통 썩은 냄새가 진동했다.

이제 더 이상은 그대로 방치할 수 없기에 여사는 아들에게 사실을 고했고, 허락이 떨어진 뒤 그것들을 쓰레기통에 버렸다. 그리고 순간 이런 생각을 했다.

결백성은 맑고 밝은 사회를 만드는 기본 원리임은 말할 나위가 없다. 그러나 이런 경우 음식을 먹지 못하고 버리는 일과 조금은 꺼림칙

하긴 하지만 언제고 밝혀질 일이니 먹고 보는 일, 만일 하느님이 이 일을 판단하신다면 분명 그분은 후자를 편드셨으리라는 생각이다. 지식과 원칙은 필요하지만 지혜와 예외가 더욱 값질 때도 있는 것이다. 생각이 여기에 미치자 그녀는 지금까지 마음 속에 차곡차곡 쌓아 둔 설움과 분노와 한이 일시에 봇물 터지듯 가슴 위로 차고 올라왔다.

'자식을 남부럽지 않게 가르쳐 일류대학을 졸업시켰고, 그 자식이 직장을 얻었다. 이제 생활도 점점 더 나아지고, 아들도 내 한 많던 인생을 잘 이해해 주리라. 그러면 모든 시름과 설움도 사라지겠지.'

헌데 전보다 더한 시집살이가 새로 시작되었으니, 자기는 언제까지 아들을 위한 도구나 종같은 하찮은 허수아비로 살아가야 한다는 말인가.

이런 저런 온갖 생각에 휩싸이자 그녀는 여태껏 살아온 세월이 모두 무의미한 물거품에 불과하다고 느꼈다. 점점 가슴 밑바닥에서 복받쳐 오르는 설움에 눈물을 흘렸다.

어느날 그녀는 대문을 박차고 밖으로 나왔다. 도시의 불빛을 멀리하고 무작정 걷고 또 걸었다.

허기도 두려움도 잊은 지 오래다. 근원 모를 평온함이 온몸에 가득했다. 그리고 정처 없이 걷는 그녀의 머리 위를 별들이 따라가고 있었다.

그리고 그 사건을 일으킨 장본인이었던 나는 오늘도 마음속으로 괴로워하고 있다.

# 일찍 일어난 새가 벌레를 잡는다

우리가 일상 속에 사용하는 언어들은 그 뜻을 잘 모르거나 때로는 피상적인 의미 파악으로 그칠 때가 있다. 예를 들어 '하룻강아지 범 무서운 줄 모른다' 는 속담을 생각해 보자. 그거야 물론 '겁 없이 까불다' 는 의미쯤은 누구나 알 수 있는 뜻풀이이다. 그러나 다시 한 번 생각해 보자. '하룻강아지' 란 '낳은 지 하루 된 강아지' 일 것이다. 낳은 지 하루 된 강아지는 눈도 아직 덜 뜬 그런 상태이다. 헌데 어떻게 범이고 살쾡이며 곰을 구별하여 두려움을 갖겠는가.

알고 보았더니 '하루' 란 '하릅' 이라는 말이 변형된 것이고 그 '하릅' 은 고어로 일 년을 가리키는 말이다. 사실 일 년쯤 자란 강아지가 천방지축 뛰어다니는 모습을 본다면 그 속담의 뜻이 더 확실히 다가온다.

또 한 예로 '일찍 일어난 새가 벌레를 잡는다' 는 속담을 보자. 응당 '부지런하면 벌레를 잡는다' 는 뜻은 알았으니 누구나 좀 더 부지런히 살아야 한다는 교훈을 얻었으면 그것으로 격언이나 속담의 역할은 충분히 한 셈이다. 그러나 왜 새가 일찍이 일어나야 하며 이런 속담은 어떤 배경에서 생긴 것인지를 알아본다면 피상적인 의미 파악보다는 더욱 값진 일이 될 것이다.

20여 년 전 나는 ××동의 단독주택에서 살았다. 그런데 그 집은 야산과 접해 있는 끝집이라 우리가 사용할 땅이 아주 넓은 편이었다. 그 땅을 그대로 놓아두고 보기만 할 성질이 아닌 아내와 나는 빈 터에 밭을 만들고 그곳에 고추며 상추 등을 심었다.

모종이 제법 자라 고추가 꽃이 피려는 즈음 고추나무 몇 개는 허리가 두 동강이 나 있었다. 그리고 다음 날도 그 다음날도 고추는 허리가 잘린 채 시들어죽는 것이다. 아무리 살펴보아도 무엇 하나 발견할 수 없는 고추밭에 고추는 하나씩 부러져 눕고, 아내도 나도 참으로 난감할 뿐이었다.

그러던 중 어느 일요일 아침이었다. 그날따라 나는 별나게 일찍 잠에서 깨어났다. 운동 삼아 마당에서 몇 번 줄넘기를 한 후 고추밭으로 향했다.

'아니, 이럴 수가!'

나는 눈앞의 광경에 무릎을 치며 감탄했다. 대여섯 개의 고춧대 위에, 그리 길지는 않지만 성냥개비보다 조금 더 두꺼운 하얀색의 벌레들이 열심히 고춧대를 이빨로 써레질하고 있지 않는가. 나는 그것들을 잡아낼 생각도 없이 한참을 넋을 놓고 그 작업광경을 구경하고 있었다. 시간이 얼마나 흘렀던지 고춧대들은 몇 개가 희생당했고 이윽고 해가 동녘에서 솟아올랐다.

그런데 이런 꼴이라니! 해가 떠오르자 벌레들은 약속이나 한 듯 모두 고춧대에서 내려와 땅속으로 파고들지 않는가. 이 광경을 목격한 나는 어려운 수학문제라도 풀린 듯 환호했다.

'An early bird catches the worm.' (일찍 일어난 새가 벌레를 잡는다). 분명 이 속담의 배경은 영국 농촌이다. 그리고 농부들은 그들의 경험에서 이런 생생한 속담을 만들어냈으리라.

나는 손으로 땅속을 파보았다. 벌레들은 모두 그 속에 숨어 내일 아침을 기다리고 있었던 것이다. 벌레를 잡으며 나는 내가 해가 떠오른 후에 일어난 늦잠꾸러기라는 반성과 함께 땅속에 숨어 있는 벌레를 찾지 못하는 느림보 새들에게도 연민을 느꼈다.

# 수오지심羞惡之心

'비는 장수 목 못벤다' 라는 속담이 있다.

전쟁에서 적장敵將도 무릎 꿇고 살려 달라 간청하면 차마 목을 베지 못한다는 얘기이고 보면, 살아가면서 다반사로 일어나는 크고 작은 잘못쯤이야 눈감고 용서해 주는 것이 사람의 인정이다. 그래서 잘못을 인정하고 용서를 비는 마음 즉 수오지심羞惡之心은 어쩌면 아무 죄도 저지르지 않을 때보다 측은하고 더 아름답기도 한 것이다. 헌데 내게도 잊지 못할 그런 경험 하나가 있다.

여러 해 전 1986년 5월 15일 스승의 날로 기억된다. 그날도 출근시간대의 버스는 여느 때처럼 초만원이었다. 사람들은 두서없이 버스에 먼저 오르려고 아우성을 치고 나도 출근시간에 늦지 않으려고 마지막 손님으로 버스에 올랐다.

그러나 나는 버스 안에 들어가지 못하고 문에 매어달린 채 문 옆의 철봉을 의지하여 간신히 버스에 올라서 있고, 문마저 닫을 수 없던 버스는 그대로 도로를 달리고 있었다.

얼마 후 버스가 출렁하고 뛰는 순간 나는 땅바닥으로 밀려 떨어졌다. 그러나 그때 나는 내가 쥐고 있던 앞문 옆의 철봉대를 놓지는 않았다. 아마도 중고교시절 즐겨 했던 철봉이나 평행봉 운동의 덕이었겠으나 아무튼 나는 그렇게 땅바닥 위를 질질 끌려가고 있었다. 수많은 승객에 가려 옆을 파악할 수 없던 버스기사는 포화상태인 버스가 내릴 사람도 없고 더 이상 손님을 태울 수도 없다고 판단했던지 한 정거장을 지나쳐 계속 달려가고, 그런 사이 나는 버스 밑바닥을 바라보며 오만 가지 생각을 다 하며 끌려가고 있었다.

고교시절 즐겨보았던 서부영화에서 말을 탄 악당들에게 밧줄에 묶여 질질 끌려가던 주인공을 떠올렸다. 그리고 눈망울 또렷한 내 아이들 생각, 친구들의 얼굴, 학생들의 면면들 하며 고향의 부모님도 떠올렸다.

끌려가며 바라본 차 밑의 아스팔트 길은 그 노폭이 모두 버스 뒷바퀴 안쪽으로 끌려들어 좁아지므로 만약 내가 손을 놓아버린다면 나는 분명 뒷바퀴에 깔리게 될 것이라는 생각 등.

그렇게 멈출 줄 모르고 달리던 버스기사는 보도를 지나던 누군가의 고함소리를 들었던지 길옆에 차를 세우고 나를 버스에 올려 태웠다. 자리에 앉았던 승객들은 서로 자리를 양보하려 들었고 놀란 운전수는 내 몸의 상태를 살펴본 후 용산역 정류소에 도착하여 차를 세우고 승객들에게 호소했다. 나를 병원으로 데려가야 하니 모두 하차해 주시라는 것이었다.

그때 사태의 심각성을 보았던 승객들은 누구 하나 불평하는 사람 없이 모두 고분고분 차에서 내렸다.

다음 순간 운전기사는 버스 바닥에 털썩 무릎을 꿇더니 두 손을 싹싹 부비며 내게 사정하는 것이었다. 그리고 병원으로 가셔서 치료를 받고 저녁에 약속 장소에서 만나자는 것이었다.

겉으로 나타나 보인 심각성에 비해 내 몸의 움직임은 별 지장이 없었다. 나는 운전기사의 간단한 인적사항을 파악한 뒤 그 길로 병원으로 향했다. 몇 장의 엑스레이 촬영을 하고 이런 저런 검사를 해본 결과 정말 내 몸에 별 이상이 없다는 것이었다.

앞에서 언급했듯 학창시절에 길렀던 내 팔의 힘이 내 몸을 가볍게 지탱해 주었던 것이다. 다만 땅에 끌린 양복이 닳아 해어진 것 외엔 내겐 아무 일도 없었던 것 같았다.

운전기사의 아내 되는 분이 약속 장소에서 만나자는 전화였다. 50

대 초반인 듯한 그녀는 내게 아주 정중히 대하며 여러 가지 자기네 사정을 조아렸다. 자기들은 늙으신 부모님을 모시고 있으며, 아이들은 셋인데 좋은 머리를 가진 아이들을 뒷바라지 못해 준 것이 안타깝다는 것이다.

더구나 자기 남편은 이미 두 번이나 사고를 냈는데 이번에 또 한 번 사고가 신고되면 남편은 더 이상 운전을 할 수 없게 된다는 하소연이었다. 그런 뒤 얼마를 드리면 되겠냐고 내게 묻는 것이었다.

그녀의 사정 얘기가 아니더라도 그날 아침 나는 그 운전기사의 무릎 꿇은 모습에서 이미 그 일을 용서했고 내 몸에 별 이상이 없었으므로 내가 받아야 할 돈은 병원비 만 천원과 몇 번 입어보지 않고 끌려가며 해어 닳아진 양복 값 십 만 원이면 되겠노라고 이야기했다.

그 말을 듣던 그녀는 의아한 표정으로 나를 바라보며 정말 그 돈으로 되겠느냐고 제풀에 되물었다. 그렇다고 하니 자기들은 남편의 두 번째 사고 시에 옆 담당자에게 들어간 돈만도 백 만 원이 넘었다면서 연신 고개를 조아렸다. 그리고 남편도 이 은혜는 평생 잊을 수가 없으니 조만간 한 번 다시 찾아뵙겠노라 다짐하며 헤어졌다.

그런데 3일이 지나자 문제가 생겼다. 온몸이며 어깨에 통증이 오기 시작했다. 저리고 쑤시고 어깨를 마음대로 움직이기도 힘들었다. 이 약 저 약 사먹은 약값도 꽤 되었다.

그리고 알량진 기대감을 갖고 새로 맞추려던 양복 값도 받은 돈보다 만 원을 더 주어야 했다. 헌데 정작 문제가 되는 것은 그 경제적 손해보다는 일말의 배신감 같은 것이었다. 죽어도 잊을 수가 없다던, 그리고 조만간 한 번 찾아뵙겠다던 약속은 그만두고라도 그 기사며 부인에게서는 전화 한 통도 없었다. 세상사가 다 그런 것이라고 치부하다가도 울컥 솟아오른 괘씸한 생각에 '이 놈을 한 번 혼내주어야지' 하고 벼르고 있던 참이었다.

그런 한 달이 지날 무렵 어느 날 나는 우연히 같은 번호의 버스에 올랐다. 정확히 말하면 88번 버스였다. 토큰을 통에 넣고 있는데 운전석에 앉아 있던 기사가 벌떡 일어나더니 내게 다가와 머리를 조아렸다. 누군가 보니 그는 내가 벼르던 그 장본인이 아니던가. '응 제대로 만났다' 생각하며 그를 노려보는데 그는 내가 불만을 토하기도 전에 연신 머리를 조아리며 내 양손을 붙들고 미안한 마음을 토해내고 있으니….

그 순간 그렇게도 벼르고 미워하던 그 감정은 어디로 사라지고 나는 그 사람이 측은하고 예쁘다는 생각마저 들었다.

이 무슨 조화란 말인가! 헌데 알고 보면 그것은 내게 무슨 특별한 선하고 넓은 아량이 있어서가 아니었다. 오직 그가 스스로 자기 잘못을 뉘우치고 부끄러워하는 마음, 즉 수오지심을 지녔기 때문이었다.

# 2부

# 친구(friend)

'친구' 라는 단어처럼 격의 없고 쉽게 또 편하게 가까이 다가서는 단어도 없다. 함께 즐기고 어울리며 일상적인 일이나 전문적인 분야라도 같은 목표를 갖고 서로 힘을 실어줄 수 있다면 그런 사람은 다 '친구' 라고 부를 수 있을 것이다.

예를 들자면 함께 술을 즐겨 마시면 '술친구', 바둑을 두면 '바둑친구', 서로가 글을 좋아하면 '글 친구' 라고 부를 수 있으니 '친구' 라는 한자(친할 친親, 오랠 구久)가 오랫동안 친하게 사귀어온 사람을 가리키고 보면 넓은 의미에선 남편과 아내, 부모와 자식 등 남녀노소를 막론하고 모두 친구가 될 수 있다는 것이다.

그러나 오랫동안 유교의 장유유서長幼有序를 신봉해 온 나로서는 요즘도 서로 나이가 비슷한 사이가 아니라면 '친구' 라는 말을 사용한다는 것이 어떤 때는 불경스럽게 느껴지고 또 어떤 때는 괘씸한 생각이 드는 것은 어쩔 수 없는 일인지라, 나보다 몇 살 위인 사람에겐 '형', '선배' 라 호칭하고 손아래 사람이면 '아우, 동생, 후배' 라고 부르는 것을 당연시하고 지낸다.

그런데 그 '친구' 라는 영어 단어 'friend' 에 와서 나는 뒤통수를 강

타 당한 체험을 했으니, 이는 순전히 나의 편협심과 식견 부족의 소치라 해야 할 것이다.

1990년대 초, 정확히 1992년 8월 나는 조카의 초청으로 미국 동부와 중부를 구경하게 되었다. 내 생애에 두 번째 해외여행인 셈이다.

여행도 그룹으로 하는 관광여행은 짧은 시간에 많은 유명장소를 구경할 수 있는 이점을 가지고 있어도 개인의 취향이나 자기만의 시간을 가질 수 없는 단점도 따르게 마련인데, 그때 우리의 여행은 밴(봉고차) 하나를 빌려 타고 다녔던 가족여행이라 우리만의 옹골진 시간을 가질 수 있었기에 아주 많은 추억거리를 간직하게 되었다. 그 가운데 하나가 낚시질을 해 볼 수 있는 경험이었다.

미국 플로리다 반도 서쪽에 클리어워터 비치(Clearwater Beach)라는 조그마한 포구가 있다. 그곳에서 두어 시간 낚싯배를 타고 멕시코만으로 나아가 또 두 시간쯤 낚시질을 하고 돌아오는 일정인데 도중 배 위에서 내가 목격한 생경한 장면이 나를 놀라게 했던 것이다.

우리가 배에 오르자 감독관(?)은 1달러씩을 받고 고기를 잡으면 꿰어 둘 꿰미를 하나씩 팔면서 우리 각자에게 번호를 정해 주었다. 예를 들면 나에게 '당신 25번' 또 내 다음 사람에겐 '26번' 이런 식으로 고유번호를 매기는 것이다. 그리고 낚시할 장소는 배를 빙 둘러 매겨진 자기 번호가 있는 자리이며, 잡은 고기는 큰 나무 미끼통 속에 번호에 따라 매어둔 자기 꿰미에 고기를 매어다는 것이다. 그리고 가끔은 감독관이 시간이 나면 사람들이 잡은 고기를 '당신 12번' 하고 확인시킨 뒤 자기가 그 고기를 12번 꿰미에 꿰어주기도 했다.

그런데 이곳에서 알아둘 일은 잡은 고기가 아무리 맛있는 것이라 해도 정해진 인치에 못 미치면 살았든 죽었든 그것은 무조건 바다에 던져버린다는 사실이다. 우리 일행도 '그루퍼' 라 부르는 우럭 종류의 가장 맛있다는 횟감을 가져오려고 아무리 우겼는데도 그 감독관은 나무 미끼통 밖에 그려놓은 자(?)에 고기를 재어 보이면서 조금 길이에 못 미치는 다 죽어간 그 고기를 바다에 던지는 것이었다. 아무튼 낚시에 관한 얘깃거리는 차후 나의 소일감으로 남기고 이제 위에서 말했던 그 생경한 장면 얘기로 다시 돌아가야 하겠다.

그때 내가 자리한 낚시장소는 배의 고물 쪽이었는데 바로 내 옆에 머리가 하얀 노인 한 분과 고등학교 1학년쯤 되어 보이는 학생 두 명이 낚시 미끼를 끼우며 서로 너무도 다정하게 담소를 하고 있었다. 나는 그들이 할아버지와 손자 관계라 확신하면서도 혹시나 하는 마음에 학생 하나에게 물었다.

"저, 저 분이 너의 할아버지이시니?"

헌데 돌아온 대답은 엉뚱하게도 "아니오, 내 친구입니다(No, my friend)." 이었다.

'응, 이 애가 내 서툰 영어를 잘못 알아듣고 이렇게 대답하는구나' 생각되어 이번에는 노인에게 물었다.

"이 얘들이 당신 손자들이에요?"

그런데 여전히 돌아온 대답은 '그래요' 가 아닌 '아니오, 내 친구들입니다' 인 것이다.

자세히 듣고 보니 그 노인은 72살의 회사에서 정년퇴직한 노인이요, 함께 온 두 학생은 고등학교 1학년생들인데 그들은 이웃에 살고 있는 '이웃친구' 라는 것이다.

'친구' 라는 단어에서 편협된 생각을 갖고 있던 나는 또 연령배 '친구' 의 뜻 밖에 생각 못하던 그 'friend' 에서 일타를 당했으니 이 얼마나 좁은 소견이며 무지의 소치인가.

내가 생각했던 도덕적으로나 관념상으로 잘 받아들이기 어려운 'friend' 를 그들은 스스럼없이 사용하고 있었던 것이다. 연령이나 지위고하를 막론하고 서로 흉허물 없이 마음을 터놓을 수 있을 때 '친구' 라고 부르는 그들, 그리고 그때 그 장면이 내겐 더할 수 없이 신선한 청량감을 주었다. 그리고 그날 내가 낚아 올린 붉은 도미 8마리보다 더 값진 말 한 마디를 나는 배 위에서 낚아 올렸다.

# 나의 취미 수석잡기壽石雜記

'오이를 거꾸로(꼬투리부터) 먹어도 제 재미다' 라는 속담이 있다. 꼬투리 부분은 쓴맛이 나기 때문에 거의 다 버리기 마련인데 그것부터 먹고 있으니 이해할 수는 없지만 아무튼 사람들은 제 각각 자기 멋에 살기 마련이라는 얘기이다. 그리고 그런 재미가 습관적으로 지속된다면 그게 바로 취미가 될 것이다.

그런데 그 취미란 어떠한가. 그것은 때로는 설명이나 이해하기 어려운 독특한 성격을 지니고 있을 뿐 아니라 그 종류도 수를 헤아릴 수 없이 많다.

평생 손톱을 깎지 않고 기르는 사람, 뱀 같은 혐오감이 드는 동물과 함께 사는 사람, 커피 음료만을 고집하는 사람처럼 아주 특이한 취미부터, 낚시를 즐기거나 독서, 바둑이나 장기 두기 등 일반적인 취미에 이르기까지 허구 많은 취미들, 그리고 대부분의 사람들은 그런 것들 중 한두 가지의 취미를 갖고 있는데 그마저도 영 취미가 없는 사람은 '무취미가 취미' 라는 말까지 생겨날 정도이니 취미란 참으로 부지기수라 해야 할 것이다.

나도 예외는 아니어서 누가 내게 취미가 무어냐고 묻는다면 여러 가지 것들이 일시에 자기가 먼저라고 내 혀를 채근할 터이니 내 취미는 잡탕취미라고나 해야 할지, 그러나 굳이 하나를 택하라고 한다면 그것은 바로 '돌 수집' 이라 하겠다. 그리고 나는 그 취미에 사뭇 자부심마저 느끼는데 그런 내 수석 취미는 언제, 어떻게 시작되었던 것일까.

돌이켜 보니 1979년 말쯤의 일이다. 전에 내가 근무하던 직장에는 부산이 고향인 동료가 있었다. 그가 수석을 취미로 모으고 있었는데, 사실 그 당시만 해도 돌을 모은다는 일이 아주 생소할 뿐만 아니라 좀 엽기적인 취미로 여겨졌기 때문에 동료들은 그를 돌 줍다가 돈 사람이라고 폄하貶下하기까지 할 정도였다. 그래도 그는 돌의 신봉자요 전령사라도 되는 양 틈만 나면 수석 수집의 재미와 돌에 대한 설명에 열을 올렸고 그런데도 나나 동료들은 여전히 심드렁할 뿐 그의 취미를 인정하려 들지 않았다.

그리고 수개월이 지난 5월 어느 날, 바람도 쏘이고 매운탕에 소주라도 한 잔 하자는 그의 제의에 의기투합하여 우리는 여주 신륵사 건너편 강변에 다다랐다. 도시의 잡다한 먼지들을 훌훌 날려 보내며 소주와 매운탕을 만끽하고 있는데 그때 바로 옆의 동료가 '야, 이것 새 모양이다' 하며 옆에 놓인 돌 하나를 들어 올렸다.

그 돌은 검은 색 윤기가 흐르는 틀림없는 비둘기 모양이었다. 당장 우리의 수석인 친구는 그 돌의 가치평가를 극대화 했고 나를 위시한 우리 중 몇 사람은 그 순간부터 마음 속에 내재해 있던 욕심이 발동하여 돌 줍는 일에 눈을 뜨게 되었다.

그로부터 30년, 나는 강변이며 바닷가, 그리고 산속을 누비고 다닌다. 수 없이 많은 돌들을 줍고 또 버렸음에도 돌에 갈증을 느낌은 더 좋은 돌을 갖고 싶다는 욕망에서이겠지만, 사실 지금까지 내게는 '일생일석一生一石' ―평생에 좋은 돌 하나 갖는 것―을 하지 못한 셈이고, 또 어디 사람의 욕심이라는 게 끝이 있던가. 그래서 이런 일화도 생겼는지 모르겠다.

'전에 돌에 미친 남편이 하나 있었다. 그런데 그걸 못 마땅해 하는 그의 아내는 온갖 이유를 들어 남편을 성토하며 '사네, 못 사네' 신세타령을 해대는데도 여전히 그 남편은 돌 줍는 일을 포기할 수 없었다. 그러던 어느 날 그렇게 쫑알대는 아내의 잔소리를 자장가인 양 흘러 넘기며 또 다시 돌 배낭을 어깨에 멘 남편은 대문을 나서며 이렇게 구슬렀더란다.

"여보, 이번엔 꼭 말하는 돌 하나만 주워오면 다시는 안 갈게."

세상 어디에 말하는 돌이 있겠는가. 다만 취미란 좋던 나쁘던 그토록 중독성이 강하기에 하루아침에 그런 취미생활을 그만두는 일은 참으로 어렵고 그래서 나도 자주 아내의 투정을 견뎌가며 돌밭으로 나가는 일을 멈추지 못하고 있다. 그리고 내가 돌밭을 밟는 이유는 아주 좋은 돌을 줍겠다는 내 욕심에서 뿐만이 아니라 거기에는 특별히 그럴 만한 몇 가지 이유가 있기 때문이다.

그 첫째는 정서생활을 들 수 있겠다.

인간은 자연의 일부이고 자연에서 시작되어 자연으로 끝난다고 할 수 있다. 자연은 인간의 모태이자 또 동경의 대상이 되는 것이다. 그래서 옛 선인들도 세파에 시달린 몸을 자연에 의지하려 했고 그런 자연을 갈망하는 마음이 언제부터인가 돌이며 나무들을 정원에 옮겨 자연의 축경미를 감상하게 만들었으며 다시 그것들을 우리네 응접실로 들어오게 했다고 말할 수 있겠다.

내가 알고 지낸 한 수석인은 자기 응접실 중앙에 산山 모양의 돌을 석반에 앉힌 뒤 거기에 물을 붓고 조그만 모형 돛배를 띄웠다. 그리고 조용히 그 돌을 바라보고 있노라면 거기에서 물소리, 새소리, 바람소리를 다 듣는다고 했다. 내 경우도 돌들을 바라보고 있노라면 번잡했던 마음이 평온히 가라앉는 체험을 하게 되는데 그것은 자연을 통한 힐링(마음 치료)이 아닐는지.

그 두 번째 이유는 신체적 건강 때문이다.

나는 소화에도 문제가 있었고 허리도 좋지 않았다. 무얼 먹었다 하면 체하기 일쑤이고 척추 신경에 문제가 있어 걷는 데도 때론 불편이 있었다. 그런데 수석 수집생활을 하는 동안에 그런 불편들이 말끔히 사라진 것이다.

그 과정은 이렇다. 돌을 줍기 위해서는 돌밭 위를 부단히 걸어야 하고 그런 과정에서 발바닥을 지압하는 효과를 가져 온다. 또 돌을 주워 들었다 놓았다를 수없이 반복하는 동안에 나도 모르게 위와 허리운동이 반복되어 불편한 부분들이 회복되었던 것이다. 더구나 찌든 도시의 공해를 벗어나 신선한 공기 속을 거니는 것처럼 좋은 약이 또 어디 있겠는가.

이제 마지막으로 경제성을 들 수 있다.

골프나 낚시 등 어떤 취미생활을 하는 데는 많은 비용을 요할 뿐더러 여러 가지 제약을 받기도 한다. 그런데 수석 수집의 취미는 어떤가. 단지 배낭과 돌을 뒤집어 볼 갈고리 하나면 그만이다. 설령 그런 게 없더라도 맨몸으로도 수석 채집은 가능하다. 강변이나 바닷가를 슬슬 거닐다가 눈에 들어오는 마음에 드는 돌 한두 점 들고 오면 그것으로 만족되는 것이다.

그 뿐 아니라 수석 수집은 소득 있는 취미생활이다. 한 순간이 지나면 소멸되는 일회적 즐거움이 아니라 자기가 수집한 돌을 언제든지 만지고 감상할 수 있는 지속적인 즐거움이 있고, 시간이 지나면서 재화가 불어나듯 좋은 돌도 많아지기 마련이다.

또 만일 우리가 응접실을 장식하려 해도 들어가는 돈은 만만치 않을 것이다. 그러나 수석 몇 점의 연출로 자연을 가까이 하는 분위기를 만든다면 그 얼마나 경제적이고 유익한 계산이 나오는가.

이렇듯 수석 수집의 취미는 내게 많은 유익을 가져다 주었기에 지금 나는 나를 수석의 길로 인도해 준 옛 동료에게 새삼 감사하며 수석 모으기처럼 건전한 취미도 없을 듯하여 두서없이 나의 취미생활을 이렇게 예찬해 본다.

# 반복교육, 그 힘

3월의 끝 무렵인데도 추위는 누그러질 기미도 보이지 않았다. 사방이 거칠 것 없이 툭 트인 황산벌—논산 훈련소—은 어느 한 곳 바람막이가 되어주지 못하고 불어오는 차가운 바람은 곧이곧대로 훈련병들의 살갗으로 파고들었다.

거기에다 부족할 것 없는 적당한 양의 식사를 하고서도 고된 훈련에서인지 식사시간이면 옆 동료의 밥이 늘 내 것보다 더 많아 보이는 그 허기짐, 그리고 반복되는 지루한 교육은 마지못해 견뎌야 하는 '인고忍苦'라는 단어로 밖에 다른 표현이 불가능했다. 다만 그런 단조로운 훈병교육 중에도 훈련소 밖이라면 상상할 수 없는 몇몇 사건들이 고된 훈련병 생활에서 활력소가 되기도 했다.

예를 들면 훈련 도중 휴식시간에 간이화장실에서 홀랑 벗은 알몸으로 쪼그려 앉아 일을 보는 훈련병에게 거적때기 문을 열고 들어와 고구마나 떡을 팔아달라고 막무가내로 졸라대며 물러설 줄 모르는 아가씨와의 어색한 대면對面, 시간이 멀다 하고 일어나는 정말 자질구레한 도난 사건들, 또 곤히 잠든 한밤중에 느닷없이 내려지는 집합명령—한쪽 발엔 영내화(고무신) 또 한쪽 발엔 군화를 신고 알철모에 팬티 바람으로 3분 내로 집합하여 찬물이 담긴 욕조 속에 들어갔다 나오기, 그래서 일사불란한 그 훈련 결과의 포상으로 받아먹었던 밥 한 그릇이 탈이 나 오랜 동안을 고생했던 일 등, 바깥 사회라면 도저히 생각할 수 없는 일들이 긴장감과 스릴을 느끼게 하면서 다른 한 편으론 사사로운 잡념을 몰아내는 좋은 효과를 가져 오기도 했다.

그런 와중에 훈련병 생활이 4주가 지난 어느 날 우리는 칼빈 소총과 M1총 사격시험을 치르게 되었다. 오전에 있었던 칼빈 소총 사격을 거뜬히 합격한 나는 오후에 있을 M1 300Kd 사격에서도 무난히 합격할 것을 믿었다.

사선에 들어 '엎드려 쏴' 사격 자세를 취한 나는 자신 있게 방아쇠를 잡아당겼다. 그런데 어찌된 일인가. 정해진 실탄을 다 발사한 후 감적호(사격장의 과녁 밑에서 총알이 과녁에 맞은 여부를 확인하기 위해 파 놓은 구덩이)에서 흔드는 깃발은 불합격을 알려왔다.

'추위에 긴장한 탓이었나. 총의 조준율이 나빴던 것일까. 아니면 결국 나의 사격 솜씨가 형편없었던 것일까.'

사실 나는 그런 것들을 생각할 겨를이 없었다. 늘 귀가 닳도록 교육

받아오고 또 소문에 들었던 대로 오늘 내가 받게 될 혹독한 기합, 그 참기 힘들 기합 생각만이 나의 뇌리를 가득 채웠다.

그런데 이것은 또 무슨 하늘의 도우심인가. 얼마 후 몇 사람에게만 허락된 재사격시험에 내가 포함되었던 것이다. 하늘이 내린 이 기회를 나는 소홀히 할 수가 없었다. 정신을 가다듬고 사선에 엎드린 나는 한 발 또 한 발 정성을 다하여 과녁을 뚫었다. 물론 감적호에선 합격의 깃발이 올라왔다.

무슨 일에서나 실패의 쓴맛을 맛보지 못한 사람은 성공은 당연히 그렇게 얻어지는 기쁨 정도로 생각할지 모른다. 그러나 실패 다음에 얻은 성공의 기쁨은 말로 표현할 수 없는 수 배의 상승효과를 맛보게 되는 것이다. 그때 나도 세상을 다 얻은 듯 흥분에 들떠 동료 훈련병들과 온갖 수다를 떨었다. 그리고 사격에 실패한 동료들의 기합에 동정하는 대화를 할 수 있는 여유도 갖게 되었다.

얼마 후 불합격한 훈련병 몇 사람을 제외하고 우리는 소대별로 열을 지어 앉아 내무반으로 돌아갈 준비를 하고 있었다. 나는 우리 소대 3열 종대 중 한 줄 맨 앞에 앉아 있었다. 그런데 그때 동료 훈련병 하나가 내 앞쪽에 놓여 있던 총을 집어 들고 투덜거렸다.

"이상하다. 내 총을 여기 놓아두지 않았는데…."

말을 끝냄과 동시에 그는 총구를 내 가슴으로 향한 채 방아쇠를 잡아당기고 있었다.

"이 자식, 너 교육도 안 받았어! 공포를 쏠 때도 총구를 45도로 올려 공중격발을 해야 한다는 것 말야!"

옆에 서 있던 키 큰 동료 훈병이 전광석화처럼 총열을 잽싸게 위로 쳐 올리는 순간 '탕' 하는 굉음이 조용한 연병장을 진동했다. 모두가 얼이 빠져 맥을 놓고 앉아 있고, 근처에 서 있던 중대장도 얼굴이 백지장이 된 채 한참을 멍한 상태로 서 있더니 이윽고 총을 쏜 그 훈련병에게 달려왔다. 그리고 군화 발길질과 주먹질을 얼마나 사정없이 가했던지.

얼마를 그렇게 체벌을 가하고도 분이 풀리지 않았던 중대장은 우리 모두에게 연병장을 몇 바퀴 돌게 했다. 더구나 그날 사격에 불합격했던 친구들은 지휘관의 화풀이까지 더해 산등성이 오르내리는 기합을 밤이 이슥할 때까지 받고서야 초죽음이 되어 겨우 내무반에 돌아올

수 있었다.

아무튼 그날 내 생명의 은인인 동료 훈련병의 지혜 있는 대처(반복교육의 효과)가 없었더라면 나를 위시해 내 뒤에 앉아 있던 동료 두세 명의 생명은 어떻게 되었겠는가. 두 말할 것 없이 우리 줄의 서너 사람은 M1 실탄 세례를 받고 쓰러져 죽거나 크게 부상을 입는 결과를 가져왔을 것이다.

그토록 지루하기만 한 훈련생활, 그리고 귀가 따가울 정도로 반복되는 안전교육, 심한 체벌 등 요즘이라면 감히 생각할 수도 없는 엄한 훈련의 결과가 여러 생명을 구할 수 있는 특효약이 되었으니….

살아오면서 나는 그날의 반복교육의 힘을 되새김하며 오늘도 손자손녀와 어린 사람들에게 듣기 싫어하는 그 반복교육을 되풀이하고 있다.

# '같아요' 의 뉘앙스

'맛있는 것 같아요.' '좋은 것 같아요.' '잘 어울리는 것 같아요.'

요즘 일상에서 뿐 아니라 TV나 라디오를 켜면 예외 없이 대화중 자주 듣게 되는 말이 '같아요' 라는 표현이다. 주로 여성들에게서 자주 듣게 되는 이 말을 나는 처음에는 별 관심 없이 들어 넘기다가 회를 거듭하면서 슬며시 거부감과 아울러 식상한 기분이 들었다. 아니 맛있으면 '…있는 것' 이고, 좋으면 '좋다' 라고 말하면 될 일이지 '…같다' 라고 표현하면 그 느리고 흐리멍덩한 말투의 진정한 의미는 무엇이란 말인가.

더구나 지금이 어떤 시대인가. 과거라면 수십 년 걸려 일어났을 변화가 이제는 단 하루 만에도 이루어진다.

헤아리기조차 벅찰 정도로 새로운 기술과 새로운 생산품들이 쏟아져 나오고, 그래서 어제의 새로운 지식은 오늘엔 진부한 상식이 되어 버린다.

따라서 인간의 전유물로서 유기체적 성격을 지닌 언어도 자연스럽게 그런 변화에 발맞추어가기 마련이요, 속도만이 생존을 위한 최상의 수단인 사회에서 언어는 그 경제성(속도감)을 무시할 수 없는 것이다.

그래서인지 그런 추세에라도 발맞추려는지 젊은 사람들 사이에선 같은 세대가 아니면 전혀 이해할 수 없는 '토막말' 들이 무수히 생겨난다. '넘사벽' (넘을 수 없는 4차원의 벽), '듣보잡' (듣지도 보지도 못한 잡놈), '솔까말' (솔직히 까놓고 말해서) 등등.

내가 '열공' (열심히 공부하다)이나 '엄친아' (엄마 친구의 아들) 정도를 겨우 이해하려는 사이 수없이 많은 축약형 표현들이 넘쳐 흐르고 있는 것이다. 이런 와중에 어쩌면 그 더디고 모호한 '…같다' 라는 표현이 자주 등장하고 있는지 나는 어느 날 호기심에 사전을 뒤져 보았다.

*〈같다〉1. (형) 서로 다른 것이 아니다. 또는 한 모양을 이루고 있다. [혈액형이 같다](비) 동일하다 2. (격조사 '와/과' 가 붙거나 생략된 체언 다음에 쓰여) 비슷하다 [샛별 같은 눈동자] 3. 체형 뒤에 '같은' 의 꼴로 쓰여 부류나 유형에 속함을 나타내는 말 [밭에 감자나 옥수수 같은 것을 심자] 4. (~ㄴ/는 것, ㄹ/을 것의 뒤에 붙어) 추측이나 불확실한 단

정을 나타냄 [비가 올 것 같다] 5. ( '같으면' 의 꼴로 쓰여) '…라면, …라도' 의 뜻 [자네 같으면 어떻게 하겠나? ] 6. ( '같은' 의 꼴로 동일한 명사 사이에 놓여)[도대체 말 같은 말을 해야지] 7. (마음 생각 등의 명사나 시간을 나타내는 일부 명사의 뒤에 '같아서, 같아서는' 의 꼴로 [마음 같아서는 며칠을 푹 쉬고 싶다]

궁금증을 해소하려고 찾아본 뜻풀이가 더욱 머리를 어수선하게 만들었지만 위의 예들 중에서 내가 언급한 '…같아요' 에 해당하는 뜻풀이는 1번이 아닐까 생각된다.

만일 '맛있는 것 같아요' 라는 표현을 1번에 대입해 보면 '맛있는 것과 동일하다. 맛있다' 라는 단정적인 기분을 주고, 또 미래적 의미가 있긴 하지만 4번에 대입하면 '맛있는지 확실치가 않다' 라는 모호성을 주는 표현이라 하겠다.

그러나 어찌 되었든 사전에 의지하려던 나의 의도는 추운 겨울 날 옆구리라도 해진 바지를 입은 사람처럼 어딘지 썰렁하고 허전한 기분임은 숨길 수 없었다. 그러고 나서 다시 한 번 되뇌어보는 '맛있는 것

같아요.' '좋은 것 같아요.'

'아니, 이럴 수가!'

이번에 뇌어본 그 말의 어감은 전과는 전혀 다른 것이었다. 거기에는 공손하고 겸손하며, 여성스러운 애교마저 묻어 있는 것이었다. 무뚝스럽고 칼로 자르듯 단정하지 않고 상대에게 부드러움과 시간적 여유도 갖게 하는 그 말씨, 그래서 듣는 사람은 나름대로 상상력을 일으키게 하고 또 급기야 그것을 먹어보고 싶은 충동마저 불러일으키는 그 표현, '맛있는 것 같다' 에는 '맛있다' 에서 느낄 수 없는 넓고 오묘한 감정의 폭과 뉘앙스를 풍겨주었던 것이다.

생각해 보면 시간에 쫓기고 스트레스에 짓눌려 사는 현대생활에서 한 순간의 여유란 얼마나 값진 선물인가.

그래서 사람들은 전원생활을 동경하고 또 세계적으로도 빠르고, 좁고, 복잡하고 정신 차리지 못할 정도로 바쁜 도시생활에서 벗어나고픈 마음들이 '느린 마을(slow village)' 이라는 공간을 설정하고 그곳을 정신적인 치유장소로, 또 그들의 이상향으로 설정하고 있는 것은 아닌지.

그와 마찬가지로 복잡하고 조급하기만 한 언어 표현들 속에서도 '…같아요' 같은 여유롭고 부드러운 말씨는 필요하면서 삶의 조화를 위해서는 절실한 것이 아닐까 생각해 본다.

나는 이제 미움이 고움으로 바뀌어, 말이 주는 배신감이 아니라 그 말의 매력에 끌린 변심자로서 '…같아요' 에 흠뻑 젖는다.

# 우월감에 대한 잡기

몇 개월 전 '소고기 수입 파동' 으로 촛불 시위가 물 끓듯 하더니 또 얼마 전에는 중국의 식품 첨가제 멜라민 사건으로 나라가 온통 어수선했었다.

가난으로 허기진 4~50년대를 견뎌온 나로선 가뭄에 콩나듯 확률로도 극히 희박하다는 광우병 공포나 중국산 분유 첨가제 식품에 들어 있는 멜라민이 무서워 프리임 섞인 커피를 마시지 못하거나, 소고기 원산지를 확인하며 고기를 골라 먹는다는 것은 일종의 사치처럼 생각되기도 한다.

그러나 아무튼 식생활은 우리의 생명 유지를 위한 제 1차적 문제이므로 어떤 식품의 유해 유무는 가혹할 정도로 엄격히 관리 감독해야 함에는 두 말할 나위가 없다.

헌데 내가 여기에서 언급하고자 하는 것은 그 '콩나물 파동' 이나 조류독감 같은 음식물 이야기가 아니다. 요지는 그때 광우병 소동과 멜라민 문제가 터졌을 때 사람들이 터트린 불평에 대해 생각해 보려는 것이다.

'왜 그렇게 확률도 낮은 광우병으로 난리법석을 떨더니 멜라민 파동에는 잠잠하냐' 는 것이다. 깊은 역사적인 우호관계를 굳이 따질 수는 없지만 보다 윤택해진 현재의 우리가 있도록 도와준 미국은 성토하면서 중국은 가만히 놓아두냐는 것이다.

그럴싸한 얘기다. 그런데 인간의 심리 구조란 참으로 난해해서, 남을 시기 질투하는 습성이 있는가 하면, 또 남을 긍휼히 여기고 용서하는 아름다운 마음씨도 갖고 있다.

이번 사건으로만 보더라도 소고기 문제는 계약상 우리가 다른 나라에 비해 다소 불리한 조건이 아닌가 하는 상대적 피해의식을 갖게 되고 또 멜라민 사건은 그 피해가 거의 세계적 문제라는 점이 다르다고 하겠으나 —그 안에 내재한 사상문제까지는 언급할 필요도 없이— 내 좁은 소견으로 보면 이번 문제는 일종의 열등의식의 발로가 아닌가 생각된다. 즉 우리보다 잘 살고 우리 위에 군림하는 미국은 밉고 아직은 우리보다 못 사는 중국은 측은히 여기는 마음이다.

나는 수년 전 뉴욕의 쌍둥이 건물(세계무역회관)이 무너지기 이전에 그 건물의 옥상까지 올랐던 경험이 있다. 그런데 그때 내가 느낀 수치감은 상당한 것이었다.

우선 엘리베이터를 타자 그 안은 천정부터 벽면까지 수많은 나라말로 '환영' 이라는 단어가 도배질되어 있었다.

그런데 아무리 눈을 씻고 보아도 우리 글 '환영' 이라는 단어는 볼 수가 없었다. '못 사니 이런 수모를 당하는구나' 하는 괘씸하기도 하고 슬픈 생각에, 만일 그때 내게 매직펜이라도 있었더라면 나는 가차 없이 우리 글로 '환영' 이라고 크게 써놓았을 것이다. 그 일 후로도 이곳저곳을 구경하면서 그들의 많은 친절에도 불구하고 어떤 때는 다소 무시당하는 기분에 불쾌했던 게 사실이다. 그리고 괜한 심통에 몇 번 일부러 법을 어겼던 일도 기억된다.

아무튼 지금이사 경제 발전에 힘입어 나라의 위상도 꽤 향상되었지만 얼마 전만 해도 잘 사는 나라에 가 보면 불쾌한 일이 한둘이 아니었다.

우선 한국이라는 나라가 어디 있는지도 모르는 경우이다. 내가 어느 나라 사람인 것 같으냐고 물으면 그들의 답은 일본, 중국, 태국, 인도 등 너댓 나라 이름 뒤에야 겨우 한국이라는 답이 나오는 것이다.

그와는 반대로 어느 못 사는 나라를 예로 들어보자. 그곳에서 아이들이 구걸해 올 때 작은 돈이라도 얼마의 선심을 베푸는 기분은 어떤가. 나는 어깨가 으쓱해지고 그들보다 낫다는 우월감을 갖게 된다. 그래서 그들의 실수나 무례에도 너그러워지는 것은 앞에서 가졌던 모멸감이나 열등의식과는 사뭇 다른 것이다.

한 번은 중국 계림을 여행하던 중 동료 하나가 이강江에 떠다니는 오물을 보고 역겨워 아무것도 못 먹겠다고 말한 적이 있었다. 그때 나는 "어이, 이 사람아, 우리 5~60년대 한강도 그랬어. 먹고 사는 일이 해결되면 그 사람들도 다 환경문제를 생각하게 돼" 하고 여유를 부린 일도 생각난다.

그렇게 잘 살면 모두가 부러워하는 대상이 되고 그런 뒤에 우리도 더욱 아량을 베풀 수 있으니 최선의 방법은 모두 열심을 내어 세계 제일의 부국이 되어보는 것이다.

더구나 금속활자며 거북선 등 세계가 부러워할 발명품을 만들어냈던 우리가 못할 일이 무엇이 있겠는가.

아무튼 위에서 언급한 나의 첫 여행에서 받은 충격은 얼마나 크던지 여행에서 돌아온 후 나는 우리가 그들보다 더 나은 무엇이 없나 곰곰이 생각해 보았다. 그리고 발견한 것이 우리말의 우수성이었다.

우선 색에 관한 표현을 사전에서 찾아보았다. 예를 들어 우리말의 '노랗다'는 표현을 보니 '노르끄레하다, 노르다, 노르무레하다, 노르스름하다, 노릇노릇하다, 누렇다, 누르다, 누르디누르다, 누르무레하다, 누르퉁퉁하다, 노랑, 누렁 등 열 가지가 훌쩍 넘었다. 그런데 영어 표현을 찾으니 yellow(노란색), yellowish = yellowy(누르스름한), yellow-green(황록색의), golden yellow(황금색의) 등 너댓 표현 밖에 찾을 수가 없었다. 이런 어휘력의 풍부함 외에도 한글은 읽고 쓰는데 참으로 편리하다.

우리글의 자음, 모음은 언제 어디에서나 한 글자는 한 가지 음만을 지녔다. 다시 말해 단음소문자이다. 예를 들면 'ㄱ'은 '그'라는 음만을 지녔기 때문에 거기에 모음 '아'를 합하면 '그아'가 되고 'ㅗ'를 합하면 언제나 '고'가 될 뿐이다.

그런데 일본어나 중국어도 그렇지만 영어는 한 글자에도 그 발음은 무수히 다르기 때문에 우리가 어떤 단어를 읽으려면 그 발음기호를 보아야만 읽는 일이 가능하다. 예를 들면 'a' 자를 읽어보자. 'am'에서는 '애' 나 '아' 로 읽히고, 'are' 에선 '아ㅡ', 'all' 에선 '오어', 'account' 에서는 '어' 'April' 에서는 '에이' 등 복잡하기 그지없다.

이제 끝으로 한 가지 표현만 더 생각해 보자. 우리는 과거나 미래의 날짜를 말할 때 과거의 날은 '어제, 그제, 그끄제' 라 말한다. 물론 '그끄제' 란 '그제' 에 과거 접두사 '그' 를 더한 것이지만 아무튼 우리는 3가지 다른 표현을 쓴다.

그런데 영어를 보자. 영어에서 '어제' 는 'yesterday' 이다. 그런데 '그제' 라는 말은 영어에는 없다. 그래서 '어제 전 날 = the day before yesterday' 라 만들고 '그끄제' 부터는 '3일 전 = three days ago' 라 쓰고 있다.

또 미래의 날짜 표현은 어떤가. 우리글에서는 '내일, 모레, 글피, 그글피' 라는 말이 있다. 그런데 영어 단어를 보면 'tomorrow' (내일)은 있다. 그런데 '모레' 가 없으니 '모레' 는 '내일 다음 날 = the day after tomorrow' 처럼 만들어 쓴다. 물론 '글피' 는 'three days later(after)' 로 쓰고 있다.

세계적으로 쓰이는 언어는 2~3천 종 이상이라고 말하고 있다. 그러나 잘은 모르지만 우리 한글처럼 소리 나는 대로 적을 수 있으니 컴퓨터 작업을 하는 데도 쉽고 편리하며, 어휘력이 풍부하니 섬세함과 미적 감각도 뚜렷이 지니고 있는 언어가 또 있는지 의문이다. 그러니 마음만 먹는다면 우리가 다른 나라 사람들보다 못할 것이 무엇이 있겠는가.

이렇게 몇 자 적고 보니 이제야 나는 가슴이 후련해진다.

# 변화

'죄 짐 맡은 우리 구주 어찌 좋은 친군지…….'

오랜만에 들른 고향집에서의 일이다. 대문에 들어서는데 방안에서 어머니의 찬송가 부르는 소리가 흘러나왔다.

'교회 다니신 지가 몇 년이 되니 이제 찬송가를 외어 부르실 수 있으시구나.'

이렇게 생각하며 방문을 열었다. 그런데 놀랍게도 어머니는 찬송가 책을 펴놓고 가사를 읽으시며 찬송가를 부르신 것이다. 나는 호기심에 인사말보다 먼저 다짜고짜 어머니께 물었다.

"어머니, 글 읽을 줄 아세요?"

"그럼 알제."

"누가 가르쳐 주었어요?"

"하나님 아부지가 가르쳐 주시드라."

도대체 믿기지 않는 어머니의 그 싱거운 대답에 조바심이 난 나는 당장 확인 절차로 들어갔다. 찬송가 책을 여기저기 뒤적이며 어머님의 읽기 능력을 시험해 본 것이다. 그런데 느리기는 하지만 어머니는 또박또박 글자들을 거의 완벽하게 읽어내셨다. 아니 어떻게 이런 일이 일어날 수 있단 말인가.

초 · 중학교 시절 나는 가끔 어머니에게 한글을 가르쳐 드리려고 애를 썼던 기억이 있다. 그러나 그때마다 번번이 내 노력은 헛수고로 끝났고, 어머니에게 글을 가르치는 것은 하늘의 별따기처럼 어려운 일이라 생각하여 포기한 지 수십 년이 흘렀다. 그런데 어머니에게 이런 변화가 있었다니….

생각해 보니 변화는 또 있었다. 그 중 두드러진 하나가 4대 독자인 나의 위상이 두 단계나 떨어졌다는 사실이다. 매사에 욕심이 많으셨던 어머님은 특히 자식 욕심은 타의 추종을 불허했다. 어떻게 해서라도 우리 가문에 4대 독자 신세를 면하게 해 보시려는 노력은 눈물겨운 것이었다. 계절을 잊은 정화수 앞에서의 빔 손, 용하다는 약방 찾아다니기, 자기 몸을 혹사하는 민간요법 등 참으로 물심양면의 피나는 노력이었던 것이다.

그러나 딸자식 하나도 더 얻지 못하신 어머니는 이제 세상의 중심에 나를 두고 무슨 일에서든지 나를 우선시 하셨다. 그런데도 하나밖에 없는 그 아들은 끄떡하면 병치레요, 무얼 먹어도 튼실치가 못하니 어머니 눈엔 내가 바람 앞에 등불 같았으리라.

급기야 어머니가 나를 위해 기대실 가장 좋은 위안처는 무당과 점쟁이 집이 되었다. 집안 여기저기에는 선영단지며 조앙단지들이 보물이나 성물처럼 모셔져 있었다. 그리고 집에서는 한 달이 멀다하고 무당이 빔 손을 하거나 굿판이 벌어졌다. 더구나 그놈의 귀신들은 왜 그리도 많이 따르는지 이 귀신을 달래어 보내면 저 귀신이 따라붙고 그래서 우리 집에는 제사도 13번이나 지내야 했다. 임자 없는 사람의 제사까지 모셔야 했으니 말이다.

그러다 보니 단 세 식구 살림인데도 어머니 손엔 물마를 날이 없고, 이 생각 저 걱정에 마음 편할 날도 없으셨다.

그러다 50 중반에 들어설 즈음, 무슨 은혜이었던지 하나님의 손길이 어머니에게 다가왔다. 어머니는 그때 원인 모를 머리 통증에 시달리셨다. 그런데 점이며 굿으로도 효험을 보지 못하시던 어머니에게 어느 날 먼 친척의 권유가 있었다.

그런 병은 목사님의 안수를 받는 것이 최선의 방법이라는 것이다. 드디어 목사님을 초청하였고 그 목사님의 기도와 안수로 어머니의 병은 씻은 듯이 사라졌다. 다름 아닌 예수님이 의사이셨던 것이다. 그 크신 예수님의 권능을 깨달은 어머니의 마음은 이제 오직 한 분 주님뿐이었다. 무슨 근심거리라도 생기면, "암, 우리 대장 예수님이 다 해결해 주시겠지, 아멘!" 하시고는 모든 일을 하나님께 맡기셨던 것이다. 그러니 삶이 얼마나 편하셨겠는가. 수없이 많은 잡신들에게 절절매며 끌려 다니시다가 예수 한 분에게만 의지하면 되었으니 말이다.

그리고 그때 이후 모든 일의 처리 방법과 우선순위도 바뀌었다. 언제나 1번이던 내 서열은 하나님과 목사님 다음으로 강등되었다. 도시에서 무슨 과일이나 바다의 해산물이라도 생기면 전에는 모두 내 차지이었던 것이 이젠 하나님 몫, 목사님 몫이 정해진 뒤 내 차례가 왔으니 말이다. 얼마간은 불만스럽기도 했으나 어머니의 변화된 모습에 비하면 그런 것은 비교가 되지 않는 일이었다.

우선 어머니의 말씀을 사모하는 마음이 글을 읽을 수 있게 했고, 그날 나는 그 놀라운 어머님의 변화를 목격했던 것이다. 사실 변화는 여러 곳에서 일어났다. 어머니는 무슨 일에도 전보다 더 지혜롭고 더 유식해지셨다.

교인들의 심방으로 집안은 더 청결해졌으며 어머니의 옷매무새도 단정해지셨다. 또 주일을 중심한 생활이 규칙적이 되었고 사람들을 대하는 친절의 정도도 전과는 달랐다. 그리고 무엇보다 어머님의 일상은 기쁨과 즐거움의 나날이었던 것이다.

이제 아카시아 향 그윽한 5월이 다가온다. 그 싱그러운 계절 5월 어느 날, 어머니는 배꽃처럼 하얗게 단장한 믿음의 자매들 인도를 받으며 주님의 품에 안기셨다. 평화롭고 아름답기마저 했던 어머님의 장례행렬, 그 장면을 떠올려 보니 어언 여섯 해가 지났다.

'예수 믿어라. 예수 밖에 없다.' 권하시던 간곡한 부탁의 말씀을 듣던 때는 벌써 스무 해도 넘었다. 그런데 내 변화는 어찌 이리 늦는지!

# 두레박 유정有情

고향을 그린다. 나지막한 안산, 굽 도는 오솔길, 수리방축에서 발원한 작은 시냇물이 보인다. 물 위엔 새우며 피라미가 떼를 지어 노닐고 물속에선 그만그만한 붕어들이 여유롭게 지느러미를 흐느적인다. 하굣길에 친구들과 허겁이 달리던 나는 더위와 목마름에 시냇물을 한 움큼 퍼 마신다. 달고 시원한 그 맛이 갈증과 허기마저 일시에 잡아준다.

1950년대 초 나의 어린 시절 얘기이다. 그 당시 우리에게 과자며 콜라, 사이다 같은 청량음료는 남의 나라 이야기요, 가장 손쉽게 허기를 달래고 갈증을 해소할 수 있는 것이 물이었다. 이처럼 언제 어디에서나 마실 수 있었던 물은 시간이 흐르면서 각종 독성 물질과 공장 폐수 등으로 오염을 불러와 사람들은 더 맑고 깨끗한 물을 얻기 위해 지하수를 퍼 올린다.

그런데 사실 그런 노력은 꽤 오래된 역사를 지니고 있다. 그것이 바로 우물이다. 그리고 그 우물물을 퍼 올리던 도구가 두레박이다. 그렇다면 '줄을 길게 달아 우물물을 퍼 올리는 기구' 인 '두레박' 은 언제부터 쓰인 말일까? 호기심에 인터넷을 열어보았다. 그리고 문헌상의

'두레박' 에 대한 최초의 용례를 알아냈다. 고려에서 조선 초기의 악장樂章과 속요俗謠를 모아놓은 〈악장가사樂章歌詞〉 중 쌍화점雙花店에서 '두레박' 이라는 말이 쓰이고 있었다. 여기 그 가사 일부를 적어본다.

드레우므레 므를 길라 가고신댄
(두레박으로 푸는 우물에 물을 길러 갔더니)
우뭇 룡龍이 내 손모글 주여이다
(우물의 용이 내 손목을 쥐었습니다)
이 말사미 이 우물 밧께 나명들명
(이 말씀이 우물 밖에 나며들며 하면)
디로러걸러 죠고맛간 드레바가 네 마리라 호리라
(조그마한 두레박아 네가 퍼뜨린 말이라 하리라)
……(하략)……

위에서 '드레바' 는 '드레' 와 '박' 이 합쳐진 단어로 그 어원적 의미는 '들다(擧)' 에 접미사 '에' 가 결합된 형태로 볼 수 있다. 그런데 재미있는 것은 전남 진도나 해남 및 도서지방에서는 '두레박'을 '타르박'(탈박)이라고도 말하는데, 나의 미흡한 소견으로는 아래 사건에서 기인된 것이 아닌지 감히 상상해 본다. 그 어원의 일설은 중국어 '철락鐵落'으로 거기에서 차용된 몽고어 '터로'에서 유래한 것이라는 생각이다. 그것을 뒷받침할 근거는 몽고군의 침략 시에 삼별초군의 항거로 그들이 9개월여를 진도에서 머무는 동안 퍼뜨린 말이 '터로박' 아닌가 하는 생각이다.

아무튼 이처럼 우물이 있는 곳엔 두레박이 따르기 마련인데 어린 시절 내가 보아왔던 두레박도 가지가지이었다. 좀 구차한 가정에서는 바가지에 줄을 매어 사용했었다. 그리고 대부분의 가정에서는 양철에 나무로 양옆을 대어 배처럼 만든 함석 두레박을 사용했다. 또 나무통으로 된 두레박, 한국전 이후에 어떤 집에서는 화이바(군인들이 쓴 알철모)를 두레박으로 활용하기도 했다.

그러면 이처럼 다양한 두레박들, 거기에는 어떤 정감이 녹아 있을까.

두레박으로 물을 퍼 올리는 순간을 상상해 보자. 만일 가난한 가정의 아낙네라면 한 가득 흠뻑 올라온 두레박 물에서 그녀는 넉넉한 풍요의 포만감을 느꼈으리라. 이제 노처녀라면 어떨까. 두레박 배 위로 씩씩한 도령이 올라오고 있다는 착각을 했는지도 모른다. 또 성적 불만을 가진 여인이라면 두레박으로 퍼 올린 물을 '쫙' 동이에 붓는 순간 어떤 쾌감을 가졌던 것은 아닌지. 총각에게는 두레박에서 얻어 마신 한 모금 물이 연정으로 싹트고, 시집살이 고된 며느리에게 두레박은 구세주일 수도 있다. 두레박을 들고 우물터로 가는 시간은 시어머니로부터 해방된 시간이요, 겹겹이 쌓인 스트레스를 해소하는 시간이 되는 것이다. 그리고 현명한 여인이라면 우물에 물이 거의 바닥날 때 적은 양의 물로 동이를 채우면서 '적은 것이 모여 큰 것이 되는' 저축의 지혜를 깨달았을지도 모른다.

또 내 어릴 때 잊지 못할 기억 하나는 신 새벽 물동이를 팔에 끼고 부엌문 옆에 걸어둔 두레박을 들고 우물터로 다니시던 한결같은 어머니의 모습이다. 오직 자식을 위한 기도에 쓸 정안수를 남 먼저 길러 오시겠다는 일념에서이시었다. 그때 정성으로 떠올린 두레박 물은 그 자체가 자식의 건강이요, 출세며 행복을 가져다주는 촉매제이었음에 틀림없는 것이다.

그토록 긴요하고 값진 두레박, 헌데 지금 고향에는 내가 아무 데서나 퍼 마시던 맑은 냇물도 두레박을 사용할 우물도 사라진 지 오래다. 집집마다 놓인 수도가 그것을 대신하고, 대화와 정보의 광장이요, 뭇 선남선녀의 매력적인 정보 제공 장소였던 우물터는 TV나 컴퓨터가 그 역할을 대신하고 있다. 생활의 편의는 있어도 가난한 웃음도, 낭만도 사라져버린 오늘의 시골, 그러나 고향을 떠올릴 때면 언제나 어머니가 생각나듯 갈증을 해소해 주던 우물터와 두레박도 내 뇌리를 스친다.

'두레박!' 진정 그 두레박은 우리의 가난과 역경을 견디게 하고, 불만을 해소하며, 불행도 행복으로 바꿔주던 요술쟁이이자 생명의 끈을 이어주는 고귀한 젖줄이었던 것이다.

# 꿈 이야기

'꿈보다 해몽' 이라는 말이 있다. 이 얘긴 '꿈은 그 정확한 풀이가 어렵고 따라서 해석하기에 달려 있다' 는 이야기이다. 여기 내가 전에 들었던 꿈풀이 하나를 예로 들어보자.

어느 마을에 한 청년이 돼지꿈을 꾸었다. 돼지꿈은 길몽이라는 얘긴 들어 알고 있었으나 꿈에서 본 돼지는 몹시 울어대는 것이었다. 아무래도 석연치 않은 생각이 들어 그는 한 마을에 살고 있는 지혜 많은 노인을 찾아가 그 해몽을 부탁했다. 노인은 이런 해몽을 해 주었다.

"자네 오늘 잘 얻어먹을 운수야. 돼지가 울어대면 그 주인은 무얼 하겠나? 응, 이놈이 배가 고픈가 보다 하고는 밥을 줄 것이 아닌가."

노인의 해몽대로 그날 그 청년은 친구로부터 푸짐한 음식 대접을 받았다. 그런데 다음 날 밤 그는 또 몹시 울어대는 돼지꿈을 꾸었다. 이번에도 노인을 찾아가 물었다. 잠깐 생각하던 노인은 이렇게 해몽하는 것이었다.

"오늘은 자네가 의복을 얻어 입을 운수구먼. 생각해 보게나. 밥을 줘도 울어대면 주인은 이번에는 이렇게 생각하겠지. '아니 이놈이 밥을 먹고도 우는 걸 보니 우리가 추운 게 분명해' 하면서 볏짚을 푹신히 깔아줄 것이 아닌가."

노인의 해몽대로 그날 친정에 다니러 갔던 아내가 집에 돌아오면서 명주옷 한 벌을 얻어왔다. 기막힌 노인의 지혜에 탄복하면서 그날 저녁 또 잠자리에 들었다. 그런데 이번에도 똑같은 꿈을 꾸게 되었던 것이다. 그 꿈 얘기를 듣고 노인은 이런 해몽을 해 주었다.

"오늘은 자네 입 조심하게나. 두들겨 맞을 운수이거든. 생각해 보게나. 밥을 줘도 잠자리를 푹신히 깔아주어도 돼지가 울어댄다면 그 주인은 어떻게 하겠나? '에이, 빌어먹을 놈의 돼지새끼. 이래도 울고 저래도 울어대!' 하면서 막대기로 두들겨 팰 것이 아닌가."

아니나 다를까. 그는 그날 친구들 싸움에 시시비비를 가린답시고 한 친구의 역성을 들다 다른 친구에게 흠씬 두들겨 맞았던 것이다.

위의 일화를 듣고 '아, 참 그럴듯한 해몽이야' 하고 고개를 끄덕일지 모른다. 그러나 이것은 재미로 엮어낸 에피소드에 불과하고 꿈의 해석이란 그리 만만한 일이 아니다.

사실 내겐 너무도 생생한 꿈 하나가 있었다. 중학교 2학년 때의 일인데 그때 나는 자취생활을 하고 있을 때이다. 저녁을 먹은 후 그 상에 앉아 학교에서 수학시간에 배웠던 인수분해 문제를 풀고 있었다. 그런데 풀릴 듯 풀릴 듯한 문제는 밤 2시가 넘어도 그 답을 알아낼 수가 없었다. 그러던 중 나는 나도 모르게 상 위에 엎드려 잠이 들었다. 그리고 얼마 후 나는 꿈을 꾸었다.

꿈속에서 하얀 두루마기 차림에 갓을 쓴 할아버지 한 분이 백묵을 들고 칠판에 무얼 쓰고 계셨다. 다 쓰신 후 '이렇게 풀면 되지 않아' 하고 소리치시는 것이었다. 놀라 잠에서 깨어나 상 앞에 앉아 있는데도 할아버지가 칠판에 쓰시던 글씨가 너무도 또렷하여 그걸 그대로 노트에 옮겨 보았다. 아니 그런데 그 내용은 아까 내가 그렇게 풀려고 애를 쓰다 잠들었던 바로 그 인수분해의 답이 아닌가.

'지성이면 감천이요, 정이 있으면 꿈에 나타난다' 했던가. 나는 너무도 흥분되어 아침을 먹는 듯 마는 듯 학교로 달려갔다. 그리고 어젯밤에 있었던 꿈 이야기를 신이 나서 자랑했다. 그러나 친구들은 누구 하나 믿으려 들지 않았다. 내가 노트까지 보이며 주장하는데도 애들은 나를 미친놈 취급을 하는 것이었다.

화가 난 나는 이렇게 장담했다.

"이 자식들아. 누가 지금 당장 내 목을 베어간대도 이것은 사실이야!" 하고.

아무튼 이처럼 어떤 꿈은 너무도 절절하게 현실과 직접 연관되는 경우가 있다. 그리고 어떤 경우는 경험이나 지혜로 거의 다 예측할 수 있는 꿈들도 있다. 반면 어떤 경우는 예상과는 전혀 다른 결과를 가져오기도 하고 또 더러는 아무 의미도 없는 헛꿈으로 되어버리기도 한다.

다만 우리가 유념해야 할 것은 장난삼아 해 보는 꿈풀이라도 그 해석은 가급적 좋은 쪽으로 해 주는 것이 미덕이라 생각한다. 그 이유는 사람들의 뇌 속에서는 잠재적으로 자기 암시를 보내고 있기 때문이다. 이런 예를 생각해 보자.

어떤 어머니가 점쟁이로부터 '당신 아들은 8월에 물에 빠져 죽을 수' 라는 말을 들었다 하자. 그 말을 들은 어머니는 그런 불행한 일이 내 아들에게 절대 일어나지 않는다고 몇 번씩 다짐한다. 그리고 나쁜 액운을 벗어날 온갖 방법을 다하며 그런 불운은 지나갔다고 믿으려 한다. 그러나 그녀의 내면에 깊숙이 숨어있는 잠재의식은 그 아들에게 '너는 8월에 물에 빠져 죽어야 돼' 하는 텔레파시를 계속 보내게 된다는 것이다.

나는 그런 경험을 했던 적이 있다. A라는 사람을 만난 꿈이었다. 친구에게 그 꿈 얘길 했더니 그는 대뜸 '야, 그거 재수 없는 일이 생길 꿈이야' 하고 단정내린 것이었다. 그런데 공교롭게도 그날 나는 좋지 않은 일을 당하게 되었다. 그런 후 그 꿈으로 한두 번 불미스러운 일을 당하게 되자 다음에 또 그 사람 꿈을 꾸면 응당 나쁜 일이 일어나기를 기대하는 꼴이 되어 버렸다.

그리고 그의 꿈을 꾸었는데도 아무 일이 없을 때는 오히려 무슨 일이라도 일어나기를 은근히 기다리고 그러다가 조그만 실수라도 하게 되면 '그럼, 그렇지' 하면서 꿈의 결과를 합리화시켰던 것이다.

꿈의 해석에 관해 이스라엘 사람들은 이런 의식을 행한다 한다. 어떤 사람이 악몽이라 생각되는 나쁜 꿈을 꾸면 랍비(유대인의 스승)나 회당을 찾아가 'hatovat chalom' 이라는 '꿈을 좋은 뜻으로 해석해 주는 의식' 을 치르는 것이다. 좋은 해몽을 들으면 좋은 일이 일어날 것을 기대하고 또 그 믿음은 현실화되는 경우가 많기 때문이다.

그런데 그 많은 꿈을 해석할 능력은 누구에게 있는가?

성경에서는 창세기로부터 꿈에 관한 이야기가 많이 등장한다. 그 가운데서도 정확한 꿈의 해석으로 30년간이나 이집트의 재상자리에 올랐던 요셉을 들 수 있다. 그는 그 당시 아무도 풀어낼 수 없던 '아름답고 살찐 암소 일곱 마리와 일곱 좋은 이삭, 또 흉악하고 파리한 다른 암소 일곱 마리와 동풍에 말라 속이 빈 일곱 이삭' 의 꿈을 꾼 바로에게 '7년 대풍년과 7년 대흉년' 을 예고하므로 나라를 위기에서 구하는 큰 업적을 세웠던 것이다.

그런데 그가 옥에 갇혀 있을 때 애굽 관원장의 꿈을 정확히 해석해 주므로 그의 천거를 받고 바로 앞에 섰을 때 그의 능력을 칭찬하자 그는 이렇게 답한다. '꿈의 해석능력은 자기에게 있는 것이 아니라 하나님의 권한 안에 있다' 라고.

이처럼 완전한 꿈의 해석은 신만이 가능한 것이다. 그렇긴 해도 또 인간은 신을 닮은 존재가 아니던가. 그래서 많은 의학자들이나 심리학자들은 꿈에 관한 연구에 몰두해 오고 프로이트나 융을 이어 Eugine Aserinsky는 실험을 통해 인간이나 포유류 및 조류마저도 자는 동안에 REM(rapid eye movement) —생시와 마찬가지로 꿈을 꿀 때 안구가 빨리 움직이는 현상—을 갖는다는 것을 실험에서 입증했고, 의사이자 심리학자인 프로이트나 철학자 칸트, 쇼펜하우어 등은 '꿈은 짧은 시간의 정신이상이며 정신이상이란 오래 지속되는 꿈' 이라는 이론을 내세우고 있다. 더 나아가 스위스 정신과 의사 융은 '만약 꿈꾸는 사람을 깨어 돌아다니게 하면 정신이상자의 의학적 도해圖解를 얻을 수 있다고도 주장한다.

그들의 이론에 따르면 꿈은 일종의 정신 분열증처럼 생각되는데 너무도 이성적이고 현실적인 꿈은 어떻게 설명해야 할까? 이처럼 꿈의 해석에서 해결되어야 할 과제는 하나 둘이 아니다. 지금까지도 꿈을 꾸게 하는 인체의 부위가 어느 한 부분에서인지 종합적인 뇌작용인지도 밝혀지지 않는다. 그러나 언젠가는 현명한 학자들이 신의 영역을 점령할 날은 오래지 않으리라.

# 3부

# 목화木花 이야기

"좋아요. 우리 내기합시다. 우리 집에서 목화농사를 얼마나 많이 했었는데…."

"그래. 진 사람이 백만 원 내놓기야."

이 대화는 어느 날 아침 나와 내 아내가 목화꽃 색깔에 관해 서로 우겼던 내용이다.

1960년대까지도 시골생활을 해 본 사람이면 누구나 지천으로 널려있는 목화밭에서 희노랗고 붉은 목화꽃이나, 소 눈망울보다 더 큰 파란 다래 열매하며, 온 들녘을 하얀 눈덩이로 덮고 있는 목화송이를 보았을 것이다. 그리고 목화에 얽힌 한두 가지 일화쯤은 다 지니고 있으리라.

나도 예외일 수는 없다. 어느 날 하굣길에 남의 목화밭을 지나다 호기심 반 허기도 채우려고 다래 몇 개를 따먹었던 게 화근이었다. 사실 목화꽃이 지고 열매(다래)을 맺은 지 오래지 않은 그 다래는 부드러운 섬유질로 달콤한 맛이 나기 때문에 아이들은 지나는 길에 다래 몇 개쯤 따먹는 것은 대수로운 일은 아니다.

그런데 그날은 별스레 운이 없었던지 나는 밭주인에게 들켰고, 그는 모든 아이들에게 도둑맞은 다래 전부의 죄를 내게 뒤집어씌우는 바람에 나는 한나절을 엎드려뻗치기, 귀 잡고 빙빙 돌기, 손들고 오리걸음 걷기 등, 오줌 저릴 정도로 된통 혼이 났던 일이다. 그리고 그런 경험 외에도 목화에 얽힌 이야기는 수도 없이 많다.

아무튼 우리가 잘 알고 있듯이 목화의 전례는 문익점 선생이 고려 공민왕 12년(1363년)에 유배지 원나라에서 목화씨 몇 알을 붓 뚜껑에 숨겨 들여왔다고 전한다. 몰래 숨겨 들여왔을 정도이니 그 당시 목화의 가치는 미루어 짐작되는 바이겠으나 어떻든 그 후 우리나라 의류역사에는 일대 혁신이 일어난다.

당시 비단이나 갈포(칡 섬유), 모피 밖에 없던 때에 보온성이 뛰어나며 재단이나 염색이 쉽고 그 용도가 다양한 목화의 인기는 대단한 것이었다. 그래서 비교적 일손이 명주에 비해 까다롭지 않은 목화농사는 농촌의 어느 가정에서나 성행하게 되는데 시간이 흐르면서 그것도 섬유산업의 발달과 국제무역이 활발해진 결과로 의류업계는 변화를 가져와 무명 옷감은 나일론 등 다른 화학섬유로 대치되면서 차츰 목화농사는 사양길에 접어들었다.

그래서 1970년대 이후에는 목화밭을 구경하기가 쉽지 않았고 더구나 도시에서 목화를 본다는 것은 불가능한 일이었다.

그런데 1992년 내가 추억을 되새길 사건이 일어났다. 우리 가족이 미국여행을 하던 중 아내는 문익점의 후예라도 되는지 플로리다 어느 목화밭을 지나다 목화씨 몇 알을 숨겨왔던 것이다. 그리고 다음 해에 그것들을 옥상에 만들어 놓은 밭에 심었다. 8월이 되자 목화꽃은 고아하게 피어났다. 나는 옛 정취를 느끼게 해 준 아내에게 감사하면서 습관처럼 아침이면 옥상을 오르내렸다. 늘 그렇게 보고 알아왔듯이 꽃은 하얀색, 베이지색, 분홍색, 자주색 등 여러 가지 색들로 어우러져 있었다.

그러던 중 어느 날 나는 꽃의 싱싱함이 다른 데 눈길이 가 막 피어오른 꽃 한 송이만 주시해 보기로 했다. 이게 어찌된 일인가. 하얗게 피어난 꽃이 베이지색으로 변하더니 다음날은 연분홍색으로 변하고 다시 또 자주색을 띄지 않는가! 나는 이 신기한 사실을 콜럼버스의 신대륙 발견만큼이나 대견해 하며 아내에게 자랑했다. 그런데 아내는 그 사실을 믿을 수가 없다는 것이었다. 수년간 자기가 보아온 목화밭의 꽃들은 모두 형형색색을 하고 있었다는 것이다.

급기야 우리는 내기에 들어갔다. 막 피어나려는 목화꽃대 하나에 실을 묶어 표를 해 두었다.

아니나 다를까? 다음날 그 꽃은 베이지색이 되더니 옅은 분홍색으로 변하지 않는가. 그리고 또 자주색으로, 이윽고 꽃은 떨어지고 그 자리에 다래가 맺는 것이었다.

목화꽃은 자스민이나 몇 가지 다른 꽃들처럼(물론 이 사실도 이번 경험 뒤에 얻어낸 것이지만) 시간이 지나면서 그 색깔을 달리 해 갔던 것이다. 나는 뛸 듯이 기쁜 승리감을 맛보았다. 매번 세심한 성격이 못된 나는 아내의 비수거리가 되기 일쑤였다. 그런데 이번 경우처럼 내가 더 났다는 우월감은 실로 나를 있게 한 힘의 원천이요, 버팀목이 되는 것이니 이 얼마나 대견한 발견이란 말인가.

나는 아내에게 고자세를 취하며 내기 돈을 요구해 본다. 물론 내기 돈이야 빼앗긴 적은 있어도 받아낸 적은 없지만 말이다. 아무튼 나의 여름은 목화꽃으로 홍겨웠으니 내기 돈은 후하게 받은 셈이다.

# 행복했던 고생

호주머니를 샅샅이 뒤져 보았다. 썰렁했다. 가방이며 어디에도 돈은 없었다. 북문(수원)을 지나면서 서울로 오는 버스를 타려고 차비를 찾고 있었던 것이다. 그런데 손에 잡히는 것이라고는 먼지뿐이니 난감하기 그지없었다. 다시 돌아가서 차비를 달라고 할까 생각도 해 보았지만 북문에서 매산로까지는 꽤 먼 거리였다. 그리고 그러기에는 자존심이 허락치를 않았다.

사실 내게 자존심이라고 해야 없는 놈이 은근히 자기의 구차함을 포장한 호기에 불과한 것이다. 그것은 '나도 너에게 적은 아량이라도 베풀 수 있다' 는 우쭐함이나 사내로서의 체면 같은 것이 내 발길을 되돌리게 할 수 없었다.

나는 당당히 수원 시내를 벗어나 버스길을 따라 서울 방향으로 걸었다. 이따금씩 초여름의 싱그러운 바람이 코 속을 간지를 때는 청량감이 온몸에 스미어 와 걷는 것이 신명나는 산책길로 착각하기도 했다. 걷다가 뛰기도 하고 콧노래도 흥얼거려 보았다. 그리고 내 적은 선심에 기뻐할 여동생의 예쁜 얼굴을 떠올리면 나는 가슴이 한껏 뿌듯해 옴도 느꼈다.

그러나 그 신명나고 당당한 보무步武도 시흥에 다다를 때까지였다. 급기야 나는 한 발 내어딛는 것조차 힘이 들고 어깨마저도 큰 짐인 양 버거웠다. 그 자리에 털썩 주저앉고 싶은 마음, 지나가는 버스를 바라보노라면 그 속의 승객들이 흡사 고관대작이나 되는 듯 부럽고 괜히 야속한 생각도 들었다. 조금만 더 차분히 살펴 행동했더라면 이런 고생은 안 했을 텐데….

수십 년 전으로 거슬러 본다. 1950년도 말, 내가 고등학교 2학년 때의 일이다. 어느 날 나는 공동 수돗가를 지나다가 우연히 한 소녀를 보았다. 물통을 앞에 놓고 서서 물 받을 차례를 기다리던 그녀가 나와 시선이 마주치자 그녀는 생긋 웃는 것이었다. 그녀로서는 별 의미도 없이 지었던 그 미소, 그 순간 나는 그녀에게 뇌쇄되었다. 살짝 드러내보이던 하얀 이, 방울 같은 눈동자, 동그스름한 얼굴, 그리고 단아한 그녀의 옷맵시는 열여덟 소년인 나의 가슴을 후비고 방망이질하기에 충분하고도 남았다.

그날 이후 일과처럼 나는 그 수돗가를 어슬렁거렸다. 농익어 떨어진 감을 주워 먹었던 맛에 매번 그 감나무 밑을 서성거리는 아이처럼,

그녀를 만나 말이라도 걸어보고 싶은 나의 갈증은 여러 날 그렇게 지속되었다.

그런데 지성이면 감천이라더니 다시는 볼 수 없다 생각했던 그녀의 모습이 그리도 쉽게 다가올 줄이야. 어느 날 그녀는 나의 하숙집 이웃에 사는 소녀와 함께 골목길을 지나고 있었다. 좀 더 알고 보니 그녀의 어머니는 우리 하숙집 아주머니와 같은 교회를 다니고 있었던 것이다.

중학교 2학년, 무용부 학생, 4녀 1남 중 셋째 딸, 고향은 경기도 화성, 아버지는 모 회사 총무과장으로 수원에서 목포로 전근해 옴.

나는 일사불란하게 이런 정보들을 수집했다. 그리고 얼마 후 하숙집 주인 형의 도움으로 우리는 서로 만나 수줍어하며 자신들을 소개했다. 그날 이후의 나의 하루는 그녀가 모든 것의 중심에 있었다. 진부한 이야기이지만 이몽룡이 춘향이를 그리는 심정이라고나 할까, 책을 펴면 언제나 책 속에서도 춘향의 얼굴이 떠오르던.

그러던 어느 날 그 애는 내게 이렇게 전해 주었다. 자기 아버지가 나를 보자고 하신다는 것이다. 아니 '도적질한 물이 달고 몰래 먹는 떡

이 맛이 있다' 는 성경구절처럼 우리의 사귐도 비밀 속에서 이루어진다면 더 없이 좋으련만…. 나는 별 지은 죄도 없이 학생처로 끌려간 학생처럼 불안하고 당혹스러웠다. 그러나 어쩌겠는가. 어른이 내린 명령이니.

정해진 저녁 나는 그녀의 집에 들렀다. 큰방에는 그녀의 아버지 혼자 앉아 계셨다. 그리 크지 않은 키에 상대방을 제압할 듯한 눈빛, 사람들이 호상虎相이라 말하는 그 얼굴형에서는 위엄이 느껴졌다. 그런데 그와는 정반대로 그녀 아버지는 내게 부드러운 어조로 몇 마디 물었다.

어느 학교에 다니며, 가족관계는 어떤지 등. 내가 무녀독남이라 말씀드리자 그분은 잃었던 아들이라고 찾아낸 듯 미소 지으며 내게 당부하셨다.

"요즘 젊은 사람들은 이성보다 감성에 젖어 행동하는데, 너희들은 절대 그런 불미스러운 일이 없도록 명심하고, 더구나 너는 형제가 없다 하니 오늘부터 오누이로 잘 지내도록 해라."

말씀하신 대로 그녀 자매간의 나이 터울은 내가 끼어들면 참으로

안성맞춤이 되는 셈이었다. 맨 위 딸이 21세, 내가 18세, 밑의 딸이 16세, 그리고 그 애가 15세, 맨 밑으로 5살 된 아들이 있었으나 너무 어리므로 아들이 귀한 그 집에서도 나는 자리매김하는데 안성맞춤인 셈이다.

아무튼 우리는 어쩔 수 없는 오누이가 되어 함께 공부도 하고 어느 때는 진짜 아들처럼 이런 저런 추억을 만들며 오누이로서의 정을 쌓아갔다. 그러나 솔직히 말하자면 내 마음은 혼란스러웠다. 시간이 지나면서 성숙된 그녀는 문득문득 여성으로 다가왔다. 지킬 박사와 하이드처럼 그녀는 오누이이다가 이성의 여인이 되었다. 그러나 그때마다 내 머리는 용하게도 가슴을 이겼다. 다시 말해 삿된 욕망을 도덕이란 포장으로 덧씌우는 데 가까스로 성공했던 것이다.

그리고 몇 해 후 내가 서울에 유학하고 있던 동안 그녀 아버지는 다시 수원으로 전근해 오셨다. 당연히 그녀도 S여고 3학년으로 전학하였다. 해서 인사차 나는 수원으로 내려갔던 것이다.

그리고 저녁 5시경 서울로 올라오려는 길이었다. 그때 대문 밖으로 배웅을 나온 여동생에게 일방적으로 받기만한 사랑의 적은 보답이라

할까 슬며시 2천원을 손에 쥐어 주었다.

그리고 북문에 이르러서야 내가 가진 돈은 그게 전부였다는 사실을 알게 되었다. 다시 돌아가 어머니에게 버스비를 달라면 흔쾌히 내어 주시겠으나 내가 가족이나 특히 여동생에게서 받은 사랑에 비해 베푼 선행은 가뭄에 콩 보듯 드문 일이기에 이번만은 나의 초라함을 내보이고 싶지 않았던 것이다.

과천을 지나 서울역에 간신히 다다랐을 때 나는 서 있기조차 힘이 들었다. 번쩍거리는 불빛들, 거기에 허기와 갈증마저 겹쳐 현기증이 났다. 간신히 동대문의 하숙집으로 가는 버스 문을 움켜잡고 나는 여차장에게 사정을 얘기했다. 젊음의 상통이랄까 그녀는 선뜻 나를 무임승차시켜 주었다. 사실은 그 당시 남자 대학생들과 여차장 사이엔 그런 인정이 통하던 때이기도 했다.

아무튼 내가 보문동 하숙집에 도착한 시간은 정각 밤 자정이 되어서였다. 그 길로 나는 잠에 곯아떨어졌다.

다음날 눈을 떴을 때는 낮 12시가 넘은 뒤였다. 꼬박 12시간 이상 식음을 전폐하고 실신상태로 쓰러졌던 셈이다. 흔들어 깨워도 의식을

못 차린 나를 보고 주인 할머니는 내가 영 의식을 잃으면 어쩌나 염려하셨단다.

지금도 그때 고생했던 기억을 잊을 수가 없다. 그러나 그것은 고생이라기보다 여동생으로서 또는 한 이성으로서 내 젊음을 희석시켰던 그녀가 그날 2천원에 흐뭇해 했을 기쁨에 비하면 그것은 내게 두고두고 행복한 고생이라 해야 할 것이다.

# 재생再生

— 차마 버릴 수 없었기에

1989년 1월 어느 추운 새벽이었다. 이틀 전에 내린 눈은 차가운 기온 때문에 녹을 줄 모르고 반 얼음이 된 채 정원이며 지붕을 온통 하얗게 뒤덮고 있었다.

"상범아, 니네 개새끼 낳았다."

찬 공기를 가르며 금속성 고함소리가 쏴하고 귓바퀴를 파고들었다. 이웃에 살고 있는 큰애의 친구 재중이 소리였다.

"야, 밖에 나가 봐, 빨리! 강아지 소리야."

늦잠꾸러기 우리 아이들이 잠에서 깨어날 리가 만무했다. 내가 일어나야 하는데 몸이 좀 무겁고 피곤한 데다 추운 새벽 공기가 싫어, 그 애가 다그치는 급한 애원조의 목소리에도 나는 이불 속에서 뒤척거렸다. 그리고 사실 그 아이의 말을 반신반의하였던 것이다.

2년 전 광주 동서 집에 들렀다. 그때 마당에서 뒹굴고 노는 강아지들이 하도 귀여워 서슴없이 그 중 제일 예쁜 암놈 한 마리를 상자에 담았다. 노란 색 바탕에 목둘레가 하얀 발바리였는데 털색 배합이 고울 뿐 아니라 눈망울도 초롱초롱해 누구라도 한 번 안아보고 싶은 그런 강아지였다. 게다가 그놈은 광주에서 서울까지 꽤 먼 거리를 차에

실려 오는데도 칭얼거리거나 끙끙대는 일도 없었다.

온순하고 귀여운 강아지가 집에 들어오자 온 집안은 수호신이라도 맞이하듯 분위기가 완전히 달라졌다. 예전 같으면 학교를 파한 후 무슨 핑계를 대든지 친구들과 놀다가 늦게 돌아오기 예사였던 아이들이 강아지가 들어온 후엔 누가 먼저 집에 와서 강아지를 차지할 것인가가 그들의 제일 목표가 되었다. 그리고 이것저것 강아지를 훈련시키는 것도 그들의 재미있는 일과 가운데 하나였다. 그 결과, 앞발 내밀어 악수하기, 앉았다 섰다 하기, 던진 물건 물어오기, 뒹굴기, 화장실에서 대소변보기 등 얼마간의 훈련으로 그놈은 이런 동작들을 능란하게 해낼 수 있었다. 이렇듯 가족의 중심엔 강아지가 있었고 하루 시간이 강아지로 시작되어 강아지로 끝난다 해도 과언이 아니었다.

개를 그다지 달갑게 반기지 않던 아내도 집안 분위기에 편승되었다. 온순하고 귀여운 생김새하며 그 영민함이 점점 그녀의 마음을 끌었던 것이다. 그런데 문제는 바로 거기에 있었다. 아내는 부엌에서 물린 영양가 높은 고기류는 말할 것도 없고 생선가게에 들를 때도 특별히 개의 몫까지 챙겨왔던 것이다. 이 사람 저 사람 밤낮없이 먹여대니

강아지는 삽시간에 키가 성큼 자라 전의 귀여운 맛을 잃어갔다. 더구나 집안에 비릿한 냄새도 역겨웠고 털갈이할 때 빠져나온 털을 치우는 일도 귀찮아졌다. 안쓰럽고 냉정하다는 생각이 들긴 했지만 하는 수 없이 아내와 나는 아이들을 설득하여 개를 바깥에서 기르기로 결정했다.

집안 효자가 밖에서도 미뻐 뵈듯 그놈은 귀여운 짓만 골라서 했다. 대소변은 뜰 한쪽 일정한 곳에 눈다든지, 모르는 사람이 주는 먹이는 일절 먹지 않았다. 또 본능적인 청각과 후각은 놀라울 정도여서(개의 시각은 사람의 좋은 시각을 2.0으로 할 때 0.25 수준으로 나쁘지만, 청각은 사람의 4배, 낮은 소리는 사람의 5배를 알아낼 수 있으며, 후각은 사람보다 100배 이상이 되고 냄새 배합을 계산하면 사람의 100만배 이상의 능력이 있다고 함) 먼 곳에서 들려오는 우리 아이들 발자국 소리나 내 차가 저 밖에서 굴러오는 소리만 나도 이내 알아듣고 반가움에 땅바닥을 대굴대굴 뒹구는 것이었다.

그러나 저러나 거의 매일 줄에만 매여 있던 놈이 언제 남자친구를 만나 새끼를 낳았다는 것인가! 더구나 몸에 임신이라 느낄 만한 별 다

른 변화도 없었는데 말이다. 이 불가사의한 사건에 의심을 하면서도 나는 아들 친구 녀석의 간절한 애원을 끝까지 무시할 수는 없었다. 그래 한참만에 밖으로 나가보았다.

개집 앞에 다다르자 얼어붙은 눈 위에 무슨 물체 두 개가 놓여있었다. 다가가 자세히 들여다보니 검붉은 색을 띤 핏덩이가 아닌가. 낳은 지 얼마 되지 않는 강아지 새끼였다. 손으로 만져보니 몸은 이미 얼어 막대기처럼 빳빳하게 굳어 있었다. 그냥 버려두었다가 날이 밝으면 땅에 파묻어야지 하고 생각하다 불현듯이 전에 한 번 들었던 이야기가 머리를 스쳤다. '물고기를 급냉동시켰다가 다시 물에 넣으면 살아난다' 는 것이었다.

혹시나 하는 마음에 나는 그것들을 방으로 가져와 양 무릎에 올려놓고 담요를 덮어주었다. 이럴 수가! 20분쯤 지나자 오른쪽 무릎에서 꿈틀거리는 느낌이 왔다. 방바닥에 내려놓으니 그놈은 살아 이리저리 꼼지락거렸다. 그리고 또 5분쯤 더 지나 왼쪽 무릎 위에 있던 강아지가 살아났다. 하루아침에 나는 내다버릴 수밖에 없는 귀한 생명을 둘이나 다시 얻게 되었으니….

그 후 강아지들은 무럭무럭 잘도 자랐다. 제 어미를 닮아 하얗고 노란 털색의 배합은 눈에 넣고 싶을 정도로 예뻤다. 그래서 젖이 떨어지기 무섭게 그놈들은 두 주인에게 분양되었다. 지금도 그것들은 어디에선가 대를 이어 귀여움을 받으며 살아가리라.

그런데 아직도 이해할 수 없는 점은 그렇게 영리한 어미 개가 그때 왜 '자기 새끼들을 제 품에 끌어안지 못하고 눈밭으로 기어나오게 놔두었던가' 하는 것이다.

그리고 더욱 소중한 교훈은 모든 생명체들의 죽음이란 영원히 자는 것이며, 그 잠이 일시적일 땐 다시 깨어날 수도 있더라는 것이다.

# 태풍 곤파스 여적餘滴

'우르릉 쾅! 쉬익, 탁!'

아침 7시쯤 옥상에서 바람 몰아치는 소리가 요란했다.

'아, 태풍 곤파슨지 콤파스인지가 불어올 거라더니 바람이 제법 세게 부는군.'

지금까지 전국에 큰 피해를 입히고 지나간 태풍 '사라' 호나 '루사' 그리고 '매미' 때에도 별 피해를 당해 본 일이 없던 터라, 나는 느긋이 잠자리에서 뒤척이다가 9시가 넘어 호기심 반 옥상 위로 올라가 보았다. 옥상에는 펴놓은 비치파라솔하며 철제 의자들이 모두 북쪽 벽으로 휘몰려 너부러져 있었다. 그것들 외엔 별다른 피해가 없는 것이 확인되었다. 아침을 먹고 운동 삼아 뒷산에 올랐다. 그런데 이럴 수가! 산책길 옆에는 수십 년이 넘은 아름드리 나무가 여기저기 뿌리가 뽑힌 채 드러누워 있고, 길 위에도 꺾어진 나무 가지며 이파리들로 어수선했다. 그때야 태풍의 위력을 새삼 실감하며 또 TV에서 방영하고 있는 피해상황에 놀라지 않을 수가 없었다. 그러나 사람의 마음이란 때론 매정하기 그지없는지라 남의 집 불 구경하듯 내게 직접적인 피해가 없는데 안도하며 나는 그렇게 2~3일을 지냈다.

그리고 어느 날 아침 이웃 아저씨와 아주머니가 갑자기 우리집으로 쳐들어왔다. 대뜸 내어뱉는 말이 '어쩔 거냐?' 는 것이었다.

'아니, 무엇을 어쩌란 말인가?'

'내가 뭐 자기네 개새끼라도 잡아먹었단 말인가?'

4년 전 ○○ 본동에서 ○○ 4동으로 이사를 했다. 그때 전 주인 아주머니가 떠나면서 우리에게 귀뜸해 준 말이 있었다. 이웃집 아저씨가 성질이 고약하다는 정보였다. 고약하든 말든 바쁜 도시생활에서의 행동반경이란 늘 정해져 있는 것이고 이웃이라도 사촌이 아닌 남남으로 서로 문빗장을 걸고 사는 마당에 부딪칠 일이 뭐 있단 말인가. 그런데 그런 나의 그 생각이 잘못이었음을 입증할 사건이 벌어졌다.

유별스레 화초 기르기를 좋아한 아내는 나무 기르는 데는 깻묵만 한 거름도 없다며 기름집에서 깻묵 두 자루를 얻어와 옥상에서 말리고 있었다. 고소한 참기름과는 달리 깻묵이 썩는 냄새가 가끔 코로 스미면 그 냄새는 무척 역겨운 게 사실이다. 그런데 하필이면 그 깻묵 썩는 냄새가 그 이웃 양반 콧속으로만 계속 파고들었던지 그는 한 걸음에 달려와 우리를 중죄인 취급하듯 다그쳤다. 이웃끼리니 좀 참고

견디든지 조용히 부탁해도 될 일이건만 무슨 조상 때부터 품고 있던 원한이라도 풀 듯 그는 우리를 성토했다. 아무튼 원인 제공자가 우리이고 보니 나와 아내는 찍소리 못하고 말리던 것을 거둬드렸다.

이런 불미스러운 일을 두어 번 당해 본 나는 지금 큰 키에 헐렁한 옷차림을 하고 눈을 부라리며 내 앞에 서 있는 그가 드라큘라처럼 섬뜩한 느낌도 들었으나, 매도 한두 번 맞을 때가 무섭지 습관이 되면 두려움은 없어지듯, 이번에는 그와 맞설 각오를 단단히 하고 있었다.

그때 그는 칼을 빼어 허공을 가르듯 손가락으로 자기 집 지붕을 가리켰다.

'아니, 이런 마술이 있나!'

손가락을 좇던 내 시선은 움찔했다. 그가 가리킨 자기 집의 경사진 지붕 옆면에 커다란 유리 문짝이 착 달라붙어 있는 것이다. 유리 조각 2/3 쯤은 아래 빗물받이 홈통으로 떨어져 내렸고 1/3 정도의 유리만 창틀에 남아 있는 채였다. 아니 무슨 풀칠을 한 것도 아닌데 어떻게 저리 착 달라붙어 있을 수 있는 것인지…. 그 순간 나는 우리 집 옥탑방 위를 쳐다보았다.

4년 전 이곳으로 이사하면서 다가구 아래층의 각 세대에 방이 둘씩 뿐이므로 방 하나를 더 만들기 위해 마루 중간을 막았던 유리 창틀이 있었다. 그것들 때문에 마루가 너무 어둡고 좁기에 나는 그 창틀들을 모두 떼어냈다. 그런 다음 경우에 따라 그 창틀을 다시 활용할 줄도 모른다는 생각에 그것들을 옥탑방 위에 쌓아두었던 것이다. 몇 년 동안 불필요했던 그 창틀들의 존재는 나의 뇌리에서 이미 사라졌다. 그런데 그놈들이 곤파스 태풍의 힘을 빌려 4년만에 존재감을 드러냈던 것이다. 알고 보니 태풍은 그날 아침 내가 생각했던 것처럼 북쪽으로만 몰아쳤던 것이 아니었다. 크게 서쪽으로 휘몰아쳤고 그때 옥탑방 위에 쌓아둔 창틀들이 한풀이라도 하듯 서쪽 집을 덮쳤던 것이다.

"저걸 어쩔 거여?"

재차 다그치는 볼멘소리에 아까 내가 다지고 있던 단단한 그 각오는 어디로 숨었는지 나는 '미안하게 됐다' 며 연신 고개를 조아렸다. 그리고 걸려 있는 창틀을 치우려면 사다리차를 부르는 게 상책이라고 생각했다.

점심식사 후 우선 우리 아이를 시켜 멜론 한 박스를 사오도록 했다.

그들의 마음을 누그러뜨리기 위해서였다. 아들은 그분들이 외출중이라 박스 위에 메모를 적어 현관문 앞에 놓아두고 왔단다. 아무튼 주어서 싫다는 사람은 없는 법이니 나는 나대로 한 시름을 덜고 난 후 사다리차를 불렀다. 그런데 집 옆에 차고를 만들기 위해 덮은 아크릴 지붕 때문에 차를 들여밀 수가 없다는 것이다. 진퇴양난의 난감한 상황에 우리 애가 119를 부르는 게 좋겠다는 제안을 했다. 몇 분이나 지났을까. 씽씽 조그마한 119차가 도착하고 소방대원은 그 집 옥상에 올라가 갈고리로 문짝을 가볍게 끌어올렸다. 이렇게 고마울 수가….

'119 만세!'

삽시간에 나의 두통거리가 사라진 것이다. 그런데 일이 그렇게만 마무리되었다면 얼마나 좋았으랴. 이제 나를 보기만 하면 그 아저씨는 물받이 홈통을 가리켰다.

"저걸 어떻게 할 거야?"

함석 홈통 안에 깨어진 유리조각이 가득 쌓여 있으니 비가 오면 물이 내려갈 수 없고 또 유리조각이 떨어지면 사람이 다칠 수 있다는 것이다. 백번 옳은 얘기다. 그런데 저걸 무슨 재주로 긁어내린단 말인

가. 나는 고심 끝에 한 아이디어를 떠올렸다. 나뭇가지나 과일을 딸 때 쓰는 장대 가위 밑에 우산을 펴 달았다. 마치 우리 3층에서 그 집 물받이와의 거리는 그 장대로 충분했다. 장대 끝으로 긁어내린 유리 조각들을 편 우산 안으로 모으니 참으로 안성맞춤의 작업이었다. 한참만에 일을 마무리하고 나는 쾌재를 불렀다.

그런데 또 '저걸 어쩔 거냐?'는 투정이다. 이번엔 태풍 때 깨어진 유리조각에 찍힌 차고 아크릴지붕의 흠집문제였다. '세상에 이런 인간이 있나!' 이웃간에 사소한 일들은 서로 이해하고 협조하면서 지내야지. 이제 나의 인내심은 한계에 다다랐다.

"야, 이 양반아! 나도 피해자야. 그 정도로 협조했으면 됐지, 자연이 일으킨 재해를 더 어떻게 하란 말이야!"

꽥 소리를 지르고 나는 그를 지나쳤다. 극은 극으로 통하는 것일까. 그 후 그는 나를 마주쳐도 한 마디 불평도 하지 않았다. 그리고 내가 지나며 눈인사라도 보내면 그는 어색한 미소마저 띄우는 것이었다.

알고 보니 그는 남에게 피해를 주지 않고 또 남으로부터 피해를 당하지 않으려는 다소 결벽성을 지닌 좋은 사람이었다.

# 버린 것들의 가치

성경에서 예수의 제자 바울은 예수님을 가리켜 '건축자들이 버린 돌로서 집 모퉁이의 머릿돌이 되었다' 고 말하고 있다. 이는 이스라엘 사람들이 구세주로 오신 예수님을 냉대하고 버린 데 대한 힐책이겠지만, 우리들 일상에서는 실로 하찮게 생각하여 버린 것들이 기실 값지고 요긴하며 보배로울 때가 적지 않다.

수 년 동안 수석壽石을 모은답시고 전국의 강이나 바닷가를 돌아다녀 본 나는 그런 말의 뜻을 실감할 때가 한두 번이 아니다. 산지(강변이나 해변)에서 마음에 들어 주워 온 돌이 집에 와서 배낭을 열고 다시 보는 순간 '내가 왜 이런 돌을 주워 왔지!' 하며 마당 한 귀퉁이에 던져 버린다. 그런데 어느 날 우연히 그런 돌들 중 하나에 눈길이 가 들어 올려 보면, 보는 각도에 따라 그것은 산수경이 되기도 하고, 또 물형석(물건의 모양을 닮은 돌)이 되기도 한다. 특히 문양석(돌 속에 어떤 모양이 나타난 형태의 돌)의 경우 비가 내리는 날엔 그 문양이 또렷이 나타나 다시 새로운 발견을 하고는 그것들을 다시 집안에 들여와 소중히 보관할 때도 있다.

이처럼 위에서도 언급했듯이 인간의 시각이나 판단력은 절대적인 것이 못되어 귀한 것의 가치를 인정하지 못할 때가 있는가 하면, 내게 필요하지 않은 것들이 다른 사람에게는 아주 요긴하게 쓰이는 물건이 되기도 하고, 시간과 공간에 따라 그 가치가 다를 수 있으니 세상에서 쓰지 못해 버릴 것은 하나도 없는 셈이다.

시골길을 걷다 돌담을 보노라면 큰 돌들 사이에 작게 깨어진 돌들이 끼어 있는데, 그것들은 만일 길바닥에 너부러져 있다면 걷는 데 방해물이나 될 뿐 아무짝에도 소용없는 것들이련만 그들이 큰 돌과 섞이어 제자리에 놓일 때 담을 견고하게 해줄 뿐 아니라 또 아름다운 조화마저 이루고 있는 것이다.

이제 여기서 나의 가정 얘기를 좀 해야겠다. 아내와 나는 성격의 차이가 아주 심한 편이다. 감성적인 나에 반해 그녀는 극히 이성적이라 할까. 쉽게 말해 나는 하나 더하기 하나는 둘도 되고 다섯도 될 수 있는데 아내의 답은 언제나 둘이다. 겨울철 내리는 눈(雪)을 보면서도 나는 포근한 엄마 품을 생각하거나, 평화로운 고향의 들녘하며 크리스마스 전야에 은은히 울려 퍼진 캐럴송을 듣고 있는데, 아내는 눈이 녹아내린 다음의 질척거림에 더 신경이 쓰이는 듯 보인다.

그런데 이처럼 서로 다른 성격들 가운데에도 몇 가지 공통점이 있는데 그 중 하나가 두 사람은 서로 나무를 좋아한다는 것이다. 사실 그 공통점이라야 아내는 기르고 가꾸는 것을 좋아하고 나는 보는 것을 더 좋아하지만 어떻든 둘 다 나무를 좋아한 것만은 사실이다.

그래서 1983년도에 H동에서 B동으로 이사하면서 우리가 최우선적으로 고려했던 것은 사 들어갈 집의 구조도 고려했지만 거기에 나무나 채소라도 심을 땅이 있는지 하는 것이었다. 그때도 아파트 생활이 편리하다는 얘기는 누누이 들었고 또 그 가격도 단독주택에 비해 훨씬 저렴했는데도 말이다. 나와 아내는 어쩔 수 없는 시골 태생이라 옛 어른들이 생각했던 대로 '사람은 땅을 밟고 살아야지, 상자처럼 밀폐된 아파트는 땅과 멀어 안 된다' 는 것이 우리의 절대 지론이었다.

그래서 사 들어간 2층집엔 상당히 넓은 공터가 있었다. 마당에 단감나무며 채소를 심었다. 그리고 감이며 채소 등을 이웃과 나누어먹는 재미도 있었다. 그런데 거기에 만족하지 못한 아내는 옥상에 밭을 몇 개 더 만들기로 마음먹었다. 그녀는 손수 벽돌로 가를 둘러치고, 우리는 또 흙을 구하기 위해 의왕시를 쥐들이 곡식자루 드나들듯 수도 없이 들락거렸다. 끝내 어지간한 크기의 밭 3개를 만들어 나무들을 심었다. 감나무, 매실, 살구나무, 앵두나무, 배나무 그리고 급기야는 등나무까지 올려 여름날 그 밑에 놓아둔 평상에서 한낮을 늘어지게 즐길 수도 있었다. 그런데 시간이 지나 나무들이 자라면서 가지가 넓게 뻗어 서로의 공간이 너무 좁았다. 하는 수 없이 아내는 그 가운데 몇 나무를 골라 뽑아버리기로 마음먹었다. 감나무 하나 그리고 유실수가 아닌 사철나무, 향나무였다.

한겨울이 지나고 나면 아무리 잘 보살펴도 동사한 나무가 있게 마련이다. 그런 나무들을 뽑아내는 일이 허다한지라 나무 버리는 일이 문제될 것도 없겠으나 어쩐지 이번에는 그것들을 거저 버리는 일이 싫었다. 그래서 아내의 반대를 무릅쓰고 나는 그 나무들을 어딘가에 심어보기로 결심했다. 이 저런 궁리 끝에 그 장소를 집에서 그리 멀지 않은 서리물공원으로 정했다. 그리고 얼마 후 공원 입구에 향나무를 심고 좀 더 위쪽에 사철나무, 그리고 감나무 순으로 그것들을 심었다.

여름으로 들어서자 아카시아, 도토리나무, 그리고 잡초들이 훌쩍 자라 내가 심어놓은 나무는 어디 있는지 일부러 찾아보지 않으면 눈에 들어오지 않았다. 안타까운 마음으로 산에 오를 때면 매번 심은 나무들의 생사를 확인한 후 옆에서 자라고 있는 잡초들을 몇 포기 뽑아낼 뿐이었다.

헌데 가을이 오고 겨울로 접어들면서 상황은 완전히 역전되었다. 나뭇잎들이 떨어지고 풀들이 마르자 내가 심어놓은 사철나무, 향나무만 싱싱한 초록빛으로 쓸쓸한 겨울을 당당하게 버티고 서 있는 것이 아닌가. 죽음 같은 회색이나 잿빛 일색인 산에서 싱그러운 초록색이라니! 나만의 과장된 상상인진 모르겠으나 내가 심어놓은 그 나무들은 공허 속에 피어오른 희망의 싹이라고나 해야 할지.

이제 세 해가 지났고 그 나무들은 훌쩍 커 내 키를 넘게 자랐다. 그리고 감나무도 감꽃을 피웠다. 그때 만일 그 나무들을 뽑아내 버렸더라면 어찌 지금처럼 가슴 뿌듯한 기쁨을 맛보았겠는가. 또 이 하찮은 일이 내가 살고 있다는 존재감마저 불러 일으켜주고 있으니 말이다.

오늘도 나는 무럭무럭 자라는 자식을 만나러 가는 흐뭇한 부모의 기분이 되어 산에 오른다. 그리고 아무리 하찮은 것이라도 버릴 것은 없다는 장자의 무용지용無用之用을 다시 떠올려본다.

# 멘토(mentor)

멘토!

몇 년 전까지만 해도 귀에 생경生硬하던 이 말이 지금은 내게 그렇게 친숙하고 정감어릴 수가 없다. 마치 새로 사 입은 옷이 시간이 흐르면서 어색한 기가 가시고 내 몸에 꼭 들어맞아, 그 옷만을 즐겨 입는 격이라고나 해야 할지.

그건 왜일까? 그 말이 고상한 희랍어라서일까, 아니면 외래어를 더 선호하는 사대주의적 발상에서일까?

전혀 그렇지가 않다. 그 이유는 다름 아닌 그 말이 지니고 있는 어원 때문이라 해야 하겠다.

사전을 찾아보면 멘토(mentor)란 '좋은 지도(조언)자, 스승, 선생님' 이라고 풀이되어 있다. 그런데 우리도 익히 알고 있듯이 멘토란 말은 고대 그리스 신화에서 유래한 사람의 이름이다.

오디세우스가 트로이 전쟁을 떠나며 자기 아들 텔레마코스를 잘 보살펴달라고 부탁했던 그의 친구의 이름으로, 그가 전쟁에서 돌아올 때까지 그의 가정과 마누라를 지켜주고 아들의 교육을 맡아주었던 '지혜롭고 신뢰할 수 있는 친구' 요 '조언자' 이며 '스승' 이자 '아버지' 같은 존재를 가리키는 말이다.

헌데 그처럼 복합적인 의미를 지닌 우리말 단어는 무엇일까? 나의 과문寡聞한 지식으로는 당장 그런 단어가 떠오르지 않는다. 굳이 그런 사람을 예로 든다면 '부모님' 을 생각할 수 있는데 이 경우는 서로 '골육지간' 의 관계임으로 여기서 말하려는 멘토와는 다소 거리감이 있다. 굳이 찾아본다면 그런 본래의 멘토 같은 인물들이 없는 것은 아니다. 그러나 그런 복합적인 의미의 멘토를 언급하기보다 우리는 일상에서 경우에 따라 '훌륭한 스승(조언자), 잊지 못할 은인, 또는 좋은 친구' 등으로 개별화하거나 구체화시켜 사용하는 것이 훨씬 더 일반적이다. 그리고 그런 여러 경우의 말을 한 단어로 통합할 수 있는 것이 바로 멘토이다. 그래서 나는 멘토라는 말을 쓰길 좋아한다. 그리고 우리는 누구나 살아가면서 그런 멘토를 한두 명 이상 만난 적이 있을 것이다.

내게도 평생 잊지 못할 멘토가 몇 분 계신다. 그 가운데 한 분은 바로 고등학교 2학년 때의 담임선생님이셨다. S대학을 갓 졸업하고 교편을 잡으신 선생님이자 모교의 선배이셨다. 맡으신 담당과목은 일반

사회였는데 선생님은 수업 중 언제나 우리에게 삶의 지혜나 용기를 가질 수 있는 일화나 조언들을 들려주셨다. 그 당시 감수성이 강하고 자괴감에 빠지기 쉬운 우리들은 그 선생님의 조언이나 격려의 말이 수시로 삶의 자양분이 되었다.

예를 들면 어떤 사람의 양말이 해어져 구멍이 났다고 하자. 그때 그것을 숨기려고 든다면 그 사람은 그로 인해 말이나 행동이 부자유하여 생각까지도 뒤엉키게 되는 것이다. 그때는 차라리 헤어진 양말 구멍으로 삐져나온 발가락을 만지며 '에이, 이놈의 발가락이 더위를 탔나?' 하고 한 번 크게 웃어버리라는 것이다. 또 다른 예로 키가 작은 사람이 자기의 키에 콤플렉스가 있다고 하자. 그때도 그는 그것을 부끄러워할 것만이 아니라 자기보다 더 작은 사람 옆에 서서 자기의 기氣를 살리라는 그런 조언이었다. 자기의 단점이나 치부를 더 드러내어 마치 성경에서 언급한 '낮아진 자가 높임을 받는 자기 비하가 자기의 위상을 더 높인다' 는 그런 일화가 내 마음을 끌었다.

그런데 사실 그 당시 내게는 큰 고민거리 하나가 있었다. 그것은 다름 아닌 나의 반 친구가 굳이 시골 우리 집에 가보자고 끈질기게 졸라대는 것이었다. 그 친구의 아버지는 우리 학교 체육선생님이셨다. 아무튼 그보다 더 중요한 것은 그에게는 정말로 예쁜 여동생이 둘이나 있었다. 나이 터울도 그렇게 지지 않은 데다가 내게는 어찌나 살가웁게 대하는지…. 더구나 친구의 어머니(사모님)마저 과분한 친절을 베풀어 사춘기인 나는 혹여 그들이 나를 사위라도 삼으려고 하는 것이 아닌가 착각하고 있던 참이었다. 그런 터에 그가 굳이 우리 집에 가보겠노라 졸라대니….

떵떵거리며 사는 형편은 못 되더라도 집이 어지간히만 크다면야 가지 못할 이유도 없었다. 그런데 우리 집은 명색이 다섯 칸이지 초라하기 그지없는 흙담으로 지은 초가집이었다. 굳이 변명 아닌 변명을 한다면 부모님과 나 단 세 식구가 살고 있는 집이니 더 커야 할 필요도 없었다.

그런데 잘 사는 사람 눈에 어디 그런 변명이 통하기나 하겠는가. 아무튼 그 문제로 고민하고 있던 바로 그때 선생님의 주옥같은 말씀을 듣게 되었으니 이제 나는 더 이상 망설일 필요가 없었다.

어느 토요일 오후, 수업이 끝나자 나는 그에게 우리 집에 갈 것을 제

의했다. 그는 뛸 듯이 기뻐했고, 우리는 배와 차를 번갈아 탄 후 마을 입구에 도착했다. 그런데 내게는 이미 세워놓은 계획이 있었다. 더욱 낮아짐으로 나의 수치심을 무마해 보자는 속셈이었다. 다시 말해 훨씬 초라한 집을 이용하여 우리 집을 돋보이게 해 보려는 것이었다. 그리고 그런 집들을 나는 이미 정해두고 있었다.

우리 집에 들어가기 전 윗마을 중간쯤에 친구 집이 하나 있었다. 그 집은 방 하나에 부엌만으로 된 두 칸짜리 집이었다. 그곳엔 친구와 친구 어머니 단 두 식구가 살고 있었는데 친구는 마침 시계수리공 수업 차 도시로 떠나고 그의 어머니만 혼자 사시는 집이었다.

그런데 낮 시간이면 어머니는 들일을 나가셨을 터이니 그 집은 비어있을 게 뻔했다. 만일 실패할 경우 나는 두 번째 초가집을 머리에 그리며 망설임 없이 첫번 째로 정해 둔 그 친구 집으로 들어섰다. 방문을 열고 안으로 들어서며 함께 간 친구에게 들어오라고 권하는 데도 그는 들어오기를 꺼려 했다. 전에 나에게서 집이 작다는 얘긴 들었어도 설마 이렇게까지 작겠느냐 하는 의아한 눈치였다.

그러나 나는 막무가내로 그를 방 안에 앉혔다. 그리고 들에서 돌아오실 부모님을 기다린다며 우리는 해가 지려는 순간까지 거기 머물렀다. 그동안 눈치 채이지 않으려고 나는 방안의 가구며 이것저것 만지면서 어색한 분위기를 모면해 가고 있었다.

잠시 후 친구의 어머니가 들에서 돌아올 시간쯤 부모님을 마중 나가 보자며 그의 손을 끌고 진짜 우리 집으로 향했다. 그때 마침 들에서 돌아오시는 부모님께 인사드리고 방안으로 들어갔다. 어머님께서 정성껏 차려주신 저녁식사를 마친 후 우리는 다시 작은 방으로 옮겼다. 그때서야 친구는 '휴' 한숨을 내쉬며 내 어깨를 때렸다.

"그럼, 그렇지."

나의 쇼는 그렇게 끝나고 그때 이후 내 생활에 무슨 별다른 변화를 가져왔던 것은 없었다. 그러나 그때 내가 부끄러움을 줄이고 안도하며 더 움츠러들지 않았던 것은 사실이다.

이처럼 더 낮아짐으로 위상을 높이고 큰 부끄러움도 작게 만든 지혜를 주신 선생님, 더구나 철부지 제자 때문에 1년이 넘게 함께 웃고 울어주시던 그분, 그분은 스승이자 친구요 형이며 진정 나의 참 멘토이셨다.

# 문풍지 유감有感

'바르르 바르르르.'

동짓달 보름 밤, 문풍지가 애잔하게 떨고 있었다.

'얼마나 추우시기에 창문 밖에서 저토록 서성이며 떨고 계실까? 생시에도 독자인 아들 눈치나 살피시느라 그리도 조심스러우셨던 어머니, 어서 들어오시도록 해야지.'

나는 가당치도 않은 망상에 싸여 창문을 열어 본다. 밖에는 괴괴히 내려 비친 달빛과 살갗을 파고드는 쌀쌀한 바람뿐 아무 것도 보이지 않는다. 잠시 헛생각에 빠져 있던 나는 아버지의 기침소리에 소스라쳐 창문을 닫는다.

어머니가 돌아가신 지 여러 해가 지났다. 그래서 홀로 계신 아버님의 외로움을 조금이나마 위로해 드리려 고향 집에 들렀다. 그리고 그때 듣게 된 문풍지소리, 그것은 마치 어머니가 밖에서 추위에 떨고 계신다는, 전에는 느끼지 못한 착각을 불러일으켰던 것이다.

이처럼 문풍지는 계절과 듣는 사람의 마음에 따라 그 떨리는 소리도 다르다. 허나 문풍지門風紙의 원래 용도는 소리를 들으려는 것이 아닌, 한자가 가리키듯 문(門), 바람(風), 종이(紙)이니 바람을 막기 위한 방풍防風용의 종이인 것이다.

시골에서 옛 한옥에 살아본 사람이라면 문풍지는 문틀과 문짝 사이의 틈새로 들어오는 바람을 막아주는 없어서는 안 되는 생활필수품임을 잘 알고 있을 것이다. 그러나 도시의 젊은이들에게 그것은 아주 생소하거나 이해하지 못하는 단어일지 모른다. 이런 나의 기우杞憂를 가능하게 한 것은 언젠가 TV에서 창호지窓戶紙 얘기가 나왔을 때 그것마저도 모르는 젊은이가 있었기 때문이다.

사실 문풍지를 얘기하려면 창호지窓戶紙를 들지 않을 수가 없는데 그 뜻은 '출입하는 창문에 바른 종이' 라고 풀이되거나, 또는 창호지 '창에 풀로 바르는 종이' 로 해석된다. 그 재료는 닥나무(뽕나무과에 속한 낙엽 활엽 관목)의 하얀 속껍질을 으깨 만든 우리의 재래식 종이다. 그 질이 질기고 내구력이 강해 창문을 바르는 외에도 글씨나 그림을 그리는 화선지로, 또는 옷을 만드는 재료로까지 쓰이는 등 그 용도가 다양하다. 그럼 문풍지의 용도는 어떤가?

위에서 말한 대로 그것은 창틈으로 들어오는 바람을 막기 위해 창틀 사방 가장자리에 붙인 바람막이 종이이다. 물론 그 재료는 창호지를 사용한다.

어린 시절 시골에선 추석이 다가오면 제일 먼저 하는 겨울 채비가 창문을 새로 바르는 일이었다. 추석 전에 각 가정에서는 한가한 틈을 내어 출입문이나 봉창(작은 창문)을 떼어내 묵은 종이를 깨끗이 벗겨 없앤다. 그러고 나서 문틀에 풀칠을 한 후 새 창호지를 바른다. 그때 어떤 집에서는 멋을 내기 위해 문고리 옆에 마른 꽃이나 은행잎 아니면 단풍잎을 넣어 창문을 장식하는데, 햇빛이나 달빛에 비친 그 무늬는 청아하고 간결한 아름다움을 선사한다.

그런데 창호지를 바를 때 벌어진 에피소드도 한두 가지가 아니다. 예를 들면 문을 바르려고 쑤어 놓은 풀을 개가 먹어치우거나, 아직 마르지 않은 창문 위로 고양이나 닭이 활보하여 창문을 엉망진창으로 만드는 사건 등이다.

그런데 창문을 바르고 남은 자투리 종이를 4~5㎝ 넓이로 창틀 사방에 둘러 붙이는 바람막이 문풍지가 바람이 불 때면 바람의 세기에 따라 만들어 내는 소리도 다양하다.

봄바람에 '스르르' 떠는 문풍지 소리는 나비의 나래짓이나 자장가

같고, '퍼덕퍼덕' 대는 소리는 새라도 한 마리 방안으로 들어올 것만 같다. '타닥타닥' 문풍지를 울리면 누구를 때리는 소리로 들리고, 겨울 날 '휘휘' 몰아치는 문풍지소리는 금방 귀신이라도 나타날 듯하다. 그런 날 밤이면 나는 무서움에 화장실 가는 것을 포기해야 할 때도 있었다. '쓰쓰' 문풍지소리 들리면 나는 방안에서 이빨이 시려 옴을 느낀다.

그뿐만이 아니다. 시골 사람에게 문풍지소리는 관상대가 되기도 한다. 문풍지소리에 어부는 그가 바다로 나가야 할지 말아야 할지를 가늠하고, 농부는 농사를 판단하기도 한다.

이토록 계절과 바람의 세기나 방향에 따라 여러 가지 소리를 만들어 낼 수 있는 문풍지, 그것은 어린 시절 내게 무료함을 달래주던 친구이자 하나의 악기요 위안물이었다. 그리고 또 하도 많은 상상력을 길러준 학습도구이었다.

밀폐된 내 아파트 방안에서 나는 숨이 막혀 온다. 환기를 하려고 문을 열면 소음과 공해물질도 바람을 타고 밀려올 것이다. 그런데 창호지 문은 어떤가. 그것은 완전히 닫힌 상태에서도 숨을 쉰다. 그리고 불순물을 여과시키는 청정기 역할을 해 준다. 이 얼마나 신선하고 유익한 낭만의 창인가. 더구나 음악의 원초라고 해도 될 정겨운 문풍지 소리가 있으니 말이다.

지금도 밖에는 바람이 인다. 오늘은 시골집 문풍지가 또 무슨 소리를 선사할지….

# 색소폰 사건

학생들이 모두 집으로 돌아간 뒤의 교정은 고적했다. 움직이는 것이라고는 다만 이따금씩 미풍이 학교 담벼락을 온통 파랗게 덮고 있는 담쟁이 넝쿨에 스치면, 잎들은 낮은 나비 나래짓으로 일제히 바르르 떨곤 할 뿐이었다. 텅 빈 운동장과 터질 듯 높고 푸른 하늘을 쳐다보노라면 그 고즈넉함과 공허감에 누구나 눈물이라도 쏟고 싶은 그런 어느 가을 오후.

그날 따라 나는 유독 집으로 돌아가고 싶은 마음이 내키지 않았다. 주인아주머니의 채근이 있었던 것은 아니었지만 한 달이 다 가도록 도착해야 할 하숙비로 식량이—그때 나는 하숙비로 쌀 두 말을 주기로 되어 있었다— 오지 않은 데다 자주 신세만 지고 지내온 하숙집 친구들 얼굴을 대하는 것도 마뜩잖았다. 그래서 몇 시간 후면 해가 지고 그러면 그때 집에 가기로 마음먹었다.

나는 교실에 홀로 남아 멍히 창밖을 바라보며 하염없이 쓸쓸한 기분에 쌓여있었다. 이제 고등학교 2학년이니 학교를 졸업하면 무엇을 해야 할지 생각도 해 보았다. 넉넉지 못한 집안 살림이니 부모님이 나를 대학에 보내는 일도 쉽지 않을 듯싶고 그러면 어떻게 해야 하나.

공무원 시험을 치르거나 어느 회사에라도 들어가야 할 것이다. 아니면 시골에 내려가 부모님 농사를 도와드리는 일이 고작일 것이다. 여러 가지 잡념으로 머리가 뒤숭숭하자 나는 교실 앞뒤를 왔다 갔다 하거나 힘껏 뛰어보았다. 그러다가 교단 위로 올라서서 백묵통에 남아 있는 손톱만큼 작은 백묵 조각을 들고 칠판에 무어라 적고는 어느 선생님의 흉내도 내어보았다.

즐겁게 보내는 시간은 언제냐는 듯 화살보다 빠르건만 달갑잖은 무언가를 기다리는 시간은 왜 그리 더딘 것인지, 꽤 많은 시간이 흘렀으리라 생각했는데 이 저것으로 보낸 시간은 채 한 시간도 되지 않았다. 해가 지려면 두 시간은 더 기다려야 한다. 나는 또 무슨 일로 시간을 보낼까를 궁리해 보았으나 별 달리 흥미로운 일을 찾을 수가 없었다. 어쩔 수 없이 그냥 집으로 돌아가기로 마음을 고쳐먹었다.

답답한 교실을 나오자 상큼한 초가을 내음이 콧속으로 스며들고 더할 수 없이 맑은 날씨는 조금 전까지의 무거웠던 마음을 훨씬 가볍게 해 주었다. 바로 그때 갑자기 어디선가 애틋한 트럼펫소리가 들려왔다. 그 곡은 중학교 때 배웠던 이 엠 포스터의 '금발의 제니' 였다. 사랑하는 소녀 제니를 그리워하듯 그 곡조가 어찌나 가슴에 찡해 오던지 나는 눈물마저 핑 돌았다. 손등으로 눈가를 훔치며 소리 나는 곳으로 시선을 돌렸다. 3층 중간쯤에 있는 교실에서 들리는 연주였다. 한 학생이 유리문을 열고 창가에 서서 혼신의 힘으로 트럼펫을 불고 있었던 것이다. 그는 학교 밴드부의 일원이었다.

"아, 바로 저거다."

나는 뛸 듯이 기뻤다. 중학교 때 가까이 지내던 친구 하나가 있었다. 그 애는 클라리넷을 꽤나 잘 불었는데 그것은 자기 형의 영향을 받았기 때문이었다. 그의 얘기론 자기 형은 S고등학교 밴드부장을 했고 대학교도 다니지 않았는데 클라리넷 하나로 지금 어느 악단에서 돈을 많이 받고 일하고 있다는 것이다. 그러면서 나와 다른 친구 하나에게 꼭 악기를 배우라는 부탁이었다. 자기는 클라리넷이니, 나는 색소폰을 배우라는 것이다. 그리고 다른 친구에게는 드럼을 치라고 권했다. 그렇게 되면 우리가 대학교를 진학하지 않아도 셋이서 밴드부를 만들면 먹고 사는 데는 지장이 없을 거라는 것이었다.

아무튼 그 후 우리는 서로 다른 고등학교로 진학하여 거의 만날 기회를 갖지 못했다. 그리고 그때 했던 얘기도 귀흘림으로 스쳐 지금까지도 까마득 그걸 잊고 있었다. 그런데 마음을 쥐어짜는 그 트럼펫소리가 오늘 당장 내 가슴에 불을 놓은 것이다.

"내일 당장 밴드부를 찾아가야지. 나는 색소폰을 불어야 해."

"그래서 그 친구들과 다시 만나 악단을 조직하는 거야. 그러면 돈도 많이 벌 수 있고…."

희망 하나를 건져내자 내 발걸음은 나래를 단 듯 가벼워졌다. 이제 내겐 가난이나 돈으로 당한 모멸감 같은 것은 더 이상 없었다. 내 앞길은 훤히 열려 있고 나는 세상 앞에 더 당당해질 수 있다. 하숙집으로 돌아가는 길에 나는 콧노래를 흥얼거렸다.

밤늦은 시간, 같은 방의 후배는 이미 잠든 지 오래였으나 나는 새벽 3시가 가까운 데도 잠을 청할 수가 없었다. 마도로스 파이프처럼 멋있게 휜, 어찌 보면 소녀의 나체 같은 색소폰을 좌우로 흔들며 '오 대니 보이' 든지 아니면 이브 몽땅의 '고엽' 을 연주할 때 환호하는 수많은 청중들의 함성이 귀에 생생히 들려오고 있었다. 그리고 앙코르는 계속되고 흥분에 들뜬 청중들은 무대를 향해 온갖 선물과 지폐를 마구

던지는 것이었다. 이 얼마나 수지맞는 직업인가.

온갖 야무진 꿈에 들떠 뒤척이다 나는 새벽녘에야 잠이 들었다. 다음날 아침 같은 방 후배의 재촉으로 잠에서 깨어난 나는 아침을 먹는 둥 마는 둥 부랴부랴 학교로 향했다. 학교에서 내게 그날의 수업시간들은 아무 의미가 없었다. 오직 관심거리는 오후 수업이 끝나고 밴드부실로 달려가 색소폰 하나를 차지해 그것을 열심히 연습하는 것이었다. 수업 도중에도 선생님들의 눈을 피해 몇 번이고 학교 뒤편에 있는 가교사의 밴드부실로 시선이 끌리었다.

수업이 끝나기가 무섭게 나는 밴드부실로 달려갔다. 문을 열자 거기엔 이미 밴드부장과 학생 둘이 악기를 정돈하고 있었다.

"무슨 일이야?"

밴드부장은 나를 노려보며 퉁명스레 물었다.

"밴드부에 들어가려고요."

나는 잽싸게 대답했다.

"그래, 잘 왔어. 너 혹시 악기 불어본 적 있어?"

"아니오."

"이리 와. 그럼 이걸 불어."

그는 기다란 악기(트럼본)를 내밀었다.

"아니, 나는 색소폰을 불 건데요?"

트럼본을 놓아두고 나는 색소폰 쪽으로 걸어갔다.

"이새끼, 새로 온 놈이 건방지게. 너 이거라도 불어, 잔소리 말고."

3학년인 부장은 다소 위협조로 내게 엄포를 놓았다. 허나 그때 내게 색소폰은 운명과도 같은 소중한 악기였다.

"나는 색소폰 아니면 안 불어요."

사실 그때 나의 생각은 트럼본이라는 악기는 한 손으로 밸브를 뺏다 질렀다 하면서 멜로디를 만들어 내기보다는 '북북' 베이스만 넣을 수 있는 것으로 오해했다. 더구나 내게 맡겨진 운명 같은 악기는 색소폰뿐이었던 것이다.

"야, 이 자식 봐라. 너 좀 있다 가교사 뒤로 나와!"

아니 그게 무슨 대수라고. 여러 개의 색소폰 중 하나쯤 맡겨주면 그뿐인 걸 말이다. 그리도 야무지게 영글어가던 꿈이 한순간 물거품이 되어버리자 나는 허탈했다. 삶의 의미가 온통 검은 구름 속으로 사라지다니. 나는 맥없이 가교사 뒷마당을 터벅터벅 걸었다.

"야, 거기 서!"

밴드부장의 고함소리가 들렸다. 그는 나의 무례함을 응징하려고 다가왔다.

"임마, 너 후배 놈의 새끼가 선배에게 대들어?"

그의 주먹이 막 내 얼굴로 날아오려는 순간, "뭐야?!" 하며 다가오는 한 친구가 있었다. 노현이라는 친구로 내 중학교 동창이었다. 그는 청도관에서 태권도 공인 2단인 체구가 당당한 아이였다.

"야, 너 영이가 니 후밴지 알아. 아파서 1년 휴학했다 다시 다닌 동창이야, 이 자식아!"

말이 떨어지기가 무섭게 그는 몸을 빙 돌려 돌려차기를 가했다. 그 당당하던 밴드부장이 볏단 쓰러지듯 땅바닥에 거꾸러졌다.

어느 갱 영화를 방불케 한 멋진 이 장면. 나는 그 친구의 도움으로 위기를 모면할 수 있었다. 그러나 색소폰으로 이를 부푼 꿈도 그와 함께 무너지는 서글픈 순간이었다.

# 가발假髮

오후 2시에 이수역에서 만나기로 한 약속시간을 20분이나 먼저 도착하는 바람에 나는 지하철역 안에서 서성거리다 다리를 쉴 겸 의자에 앉았다. 이윽고 약속시간 5분 전에 친구는 지하철에서 내렸고 나를 찾느라 약속장소 주변을 살피고 있었다. 그 모습이 하도 우스워 나는 고개를 약간 숙이고 그의 행동을 살피며 웃고 있었다. 그러다가 갑자기 의자에서 벌떡 일어나며 그의 옆구리를 가볍게 찔렀다.

"아니, 이게 누구야!"

그는 놀라며 내 얼굴을 빤히 쳐다보았다. 전에 없던 가발을 쓰고 그를 처음 만나게 되었으니 그가 나를 알아볼 수 없었던 것이다. 그렇게 우리는 가발의 효과에 경탄하며 식당으로 향했다.

나는 원래 머리숱이 많지 않았다. 고교시절 사진을 보면 그때에도 짧게 깎은 머리 사이로 하얀 바닥이 드러날 정도로 머리카락이 듬성듬성했다. 더구나 60이 넘으면서 속알머리가 빠져 넓은 공터가 생기고, 그러다 보니 만나는 사람마다 내 나이를 몇 살쯤은 쉽게 올려주는 것이었다.

어릴 땐 그렇게 빨리 먹고 싶던 나이인데도 정작 나이가 들면서 초라하고 허전해지는 모습에, 나는 때때로 머리를 이 저런 모양으로 바꿔 빗질도 해 보고 머리 길이도 조절해 보았다. 그러던 중 신문에서 '××가발' 이라는 큰 글자를 보는 순간, 나는 더 이상 지체할 필요가 없었다.

지하철을 타고 그 상호를 찾아 올라간 2층에는 여러 모양의 가발들이 진열되어 있었다. 그때 나를 맞은 여 점원은 자기 애인과 무슨 다툼이라도 있었던지, 귀찮다는 듯 내게 가발 하나를 머리에 씌우고는 거울 앞으로 나를 밀었다.

'에이, 꼬락서니라니! 나는 틀림없는 영구, 땡칠이 그대로였다.'

다음에 들르겠노라 빈말을 남기고 '걸음아 날 살려라' 쫓기듯 그 가게에서 도망쳐 나왔다. 그 후 나는 가발은 내게는 가당치 않은 물건이라 치부하며 생긴 대로 살기로 마음먹었다. 그렇게 2년도 넘긴 시간에 어느 날 이발관에서 또 그 가발에 대한 이야기가 거론되었다.

이발사는 여러 곳의 가발 제작사를 예로 들면서, 자기가 소개하려는 가발 제작소는 다른 곳과는 달리 썼을 때 전혀 어색한 모양이 없이 아주 자연스러워 본래의 머리처럼 보인다는 주장이었다. 다만 값이 좀 비싸긴 한데 젊음을 다시 찾는 일이니 그게 대수냐는 것이다. 듣고 보니 참으로 그럴 듯해서 잠자고 있던 내 욕망이 다시 꿈틀거렸다. '내일 한 번 가 볼까' 하는 호기심이 일면서 도대체 가발은 언재부터 썼던 것인지 의아심이 생겼다. 당장 집에 돌아와 이곳저곳을 뒤져 가발의 역사를 알아보았다.

가발의 기원은 맨 처음 이집트에서 시작되었고, 그들은 신분에 따라 사람의 머리카락이나 양털, 또는 식물섬유로 가발을 만들어 썼다. 이집트에서는 사실 삭발하는 것이 많은 이점이 있다고 생각했다. 그 첫째 이유는 머리털이 없는 것이 바람을 통하게 하여 뜨거운 기후에 더 편리하고, 둘째로는 머리털이 없는 것이 그 당시에 골칫거리인 이 번식을 막는 데 효과가 있다고 생각했다.

그런데 그와는 반대로 정작 가발을 쓰는 것이 대머리에서 받는 지독한 햇볕을 막아주는 데 효과적이었던 것이다. 이렇게 해서 가발은 일상화 되어 나중엔 사람들의 사회적 신분이나 정치적 역할 등을 구별하는 데도 활용되었다.

또 여성의 가발은 남성보다 훨씬 더 멋을 부렸는데, 금으로 만든 끈이나 머리 고리, 또는 상아 등의 장식품으로 치장했다. 결론적으로 더 화려한 장식은 더 높은 신분을 말해 주는 것이었다.

다른 고대문명에서 가발을 사용한 사람들은 그리스, 로마, 앗수르, 그리고 페니키아인들이었다. 특히 로마에서는 가발이 노예의 머리카락을 잘라 만들어졌다. 그리고 그때 부유한 로마 여인들은 가발을 크게 만들어 헤어스타일의 효과를 극대화시켰다.

이와는 대조적으로 중국이나 일본 등의 고대문화에서는 가발 사용이 드물었다. 다만 극장 배우의 맡은 역할을 위해, 아니면 일본의 게이샤나 한국의 기생 같은 예능접대인 외엔 가발을 사용하지 않았다.

중세에 들면서 기독교의 영향으로 몸치장은 수수해졌다. 중세(AD 1200~1300)까지 가발이라는 말은 의미를 잃었다. 여인들은 대개 자기 머리를 수건으로 가리도록 했으므로 패션이라는 말은 사라졌고 미美도 절제된 것이었다.

그 후 르네상스 시대(AD 1400~1600)의 태동기에 여성들의 헤어스타일이 다시 중요시 되었고 여자들은 자기 머리를 드러내어 수건으로 가리는 대신 반짝이는 천이나 보석으로 장식하는 등, 여성 가발이 유행되고 미적 감각에도 관심을 두었다.

가발의 역사를 더듬어가다 보니, 몸치장의 하나인 가발도 생활이 윤택했을 때 성행했음을 알 수 있었다. 그리고 가난했던 우리의 1970년대에 잘 사는 나라에 팔았던 수출 효자종목 가발산업의 중심에 내가 서 있는 것은 아닌가 하는 착각마저 일어났다.

아무튼 그 후 내가 맞춘 가발은 이발소에서 말한 대로 가끔 TV에서 보게 되는 어떤 연예인의 그것과는 사뭇 다르게 퍽 '자연스럽다'는 얘기를 듣는다. 그런데 원래 내 것이 아닌 물건이니 좋기만 하겠는가. 아래 그 단점을 두서없이 열거하면 이렇다.

첫째, 가발을 쓰고 벗는 일이 귀찮다.

둘째, 아무리 잘 고정시켜도 바람이 세거나 자전거로 달릴 때 가발은 벗겨진다.

셋째, 지하철의 경우 경로석에 앉을 때 옆 사람들이 눈총을 준다.

넷째, 밖에서 가발을 착용한 상태의 모습을 유지하기 위해 집에 손님이라도 오면 급히 가발을 써야 한다.

다섯째, 가발 때문에 등산할 때나 외출 시에 모자를 쓰기가 불편하고 불안하다.

여섯째, 가끔 머리가 가렵고 답답하다.

일곱째, 비나 눈을 피할 수가 없다.

여덟째, 단체로 투숙할 경우 내 민낯이 드러날까 두렵다.

아홉째, 가끔 하는 가발 손질에 생돈이 들어간다.

열째, 극장이나 공공장소의 요금 할인 시에 조사가 까다롭다.

이외에도 가발 사용 시에 더 많을 불편함과 부자유함이 있을 수 있다. 그런데 왜 나는 가발을 쓰고 다니는가. 그 이유는 말할 것도 없이 내가 더 젊어졌다는 것이다.

가발을 쓰고 모르는 사람에게 내 나이를 물으면 대개 실제보다 10년 이상을 빼 준다. 늘 보태주기만 하던 내 나이가 빼내 주는 반대 효과를 얻었으니 얼마나 행복한 변신인가. 더구나 지금 나를 바라보는 여인들의 나이도 더 젊어지고 예뻐졌을 테니 말이다.

# 4부

사람인 것이
미움에서 얻은 것
이집트 잡기
고소공포증
세상에서 제일 맛있는 것
치매 이야기
글쎄 그렇긴 한데
불청객, 메모리 칩
그녀와 그 친구, 그리고 나

# 사람인 것이

사람인 것이 부끄러울 때가 한두 번이 아니다. 만물의 영장이라는 인간이 일상에서 저지른 일들이 하찮은 미물에도 미치지 못하는 경우가 허다하기 때문이다. 집안에서 못 하나 박지 못하는 사람이 하작은 새의 정교하고도 튼튼한 둥지 만드는 기술을 어찌 흉내라도 낼 수 있겠는가. 그런데 그것은 비단 기술면에서 뿐만이 아니다. 지혜며 협동, 사랑 그리고 질서 등 우리가 자연에서 본받을 일들은 많고도 많은 것이다.

나는 현대그룹을 창설한 정주영 회장님의 일화를 듣고 감탄해마지 않았다. 정 회장은 직원들의 일처리가 마음에 들지 않을 때는 가끔 '이 빈대만도 못한 놈들!' 이라고 핀잔을 주었다고 한다.

이 이야기의 발단은 건설사업 초기에 인천 현장에서 있었던 일이다. 그때 그는 침대 위에서 잤는데도 누추한 방에 빈대가 너무 득실거려 침대 위까지 올라와 물어대는 바람에 잠을 잘 수가 없었다 한다. 생각 끝에 그는 침대의 네 다리 밑에 대야를 놓고 물을 가득 채워두었더니 빈대들이 침대 다리 위로 기어오르려다 모두 물에 빠져 죽더라는 것이다.

그 후 2~3일을 그렇게 잘 잤는데 어느 날 밤 빈대가 또 귀찮게 몸을 물어 살펴보았더니, 이번에는 빈대들이 벽을 타고 천정 위로 기어 올라가 거기에서 떨어져내려 물더라는 것이다. 이 일을 경험한 후 그분은 부하직원들을 나무랄 때는 '빈대만도 못한 놈' 이라고 꾸짖었단다.

농촌생활을 해본 사람은 귀리라는 곡물을 알고 있다. 이 귀리는 보리를 수확할 때 보리에 섞여 들어오는데 그것은 가늘고, 검고, 뾰쪽하여 곡식으로서의 가치가 없음으로 농부들은 보리 사이의 귀리를 발견하면 뽑아내 버린다. 그런데도 미처 발견되지 않은 것들의 씨가 자라 다음 해에 또 보리와 섞여 수확되므로 농부들의 골칫거리가 되곤 한다. 그것들은 심어주지도 않았는데 어떻게 추위를 이기고 살아날 수 있었을까.

어느 날 나는 TV를 보다 그 광경에 무릎을 쳤다. 아니 저런 조화라니! 가느다란 몸매에 검보라색의 익은 귀리 열매 위에는 침 같은 수염 둘이 달려 있는데 이 수염이 농부의 일을 대신해 주고 있었던 것이다. 귀리 열매가 땅에 떨어지자 이 두 개의 수염은 빙빙 비비꼬이면서 땅을 파고 들어갔다. 그렇게 해서 누가 심어주지 않는데도 귀리 씨는 땅속에 묻혀 보리와 함께 자랄 수 있었던 것이다.

여기 또 다른 예를 하나 살펴보자. 그것은 바다 갯벌에 살고 있는 조개 이야기이다. 이것들이 먹이를 찾기 위해 움직일 때는 입을 벌려 속살을 발처럼 늘어뜨려 기어다닌 흔적을 갯벌 위에서 발견할 수 있다. 그런데 조개들도 거리가 먼 곳으로 이동할 수 있을까? 그 답이 기가 막혔다. 바닷물이 밀려와 온몸이 물에 잠기자 조개는 입을 크게 벌리더니 잽싸게 닫아 마치 로켓탄이 추진력을 이용해 멀리 날아가듯 물을 밀어내는 방법으로 '휭' 하고 물 위를 날았던 것이다.

쥐에게도 지혜가 번득인다. 한 번 덫에 놀란 놈은 절대 덫에 치이지 않는다. 그놈은 이번에는 먹이를 먹으려고 덫의 정문으로 들어가 목숨을 거는 정면 승부를 택하지 않고, 꼬리로 덫의 고리를 내려쳐 '찰칵' 하는 소리를 들은 후 유유히 먹이를 즐기는 것이다.

협동심의 예는 어떨까? 나는 겨울철 낚시터에서 벌어진 기막힌 장면을 구경한 적이 있다. 그때 낚시꾼은 얼음 구멍에 낚시를 드리우고 거기에 온 정신을 집중하고 앉아있었다.

그런데 좀 떨어진 옆에선 까마귀 두 마리가 무얼 하느라 분주했다.

자세히 보니 그놈들은 얼음 구멍에 잡아 꿰매어 놓은 고기를 끌어올리느라 바빴던 것이다. 혼자서는 도저히 무거운 고기를 끌어올릴 수가 없어 한 놈이 꿰미줄을 물어 끌면 그 뒤에 한 놈은 그것을 입으로 물어 팽팽히 잡아당긴 후 발로 밟아, 다시 줄이 되 끌려들지 않도록 하면서 미끼에 매어달린 고기를 꺼내먹었던 것이다. 까마귀를 싫어한 사람이라도 누가 그 장면을 목격했다면 그놈들을 미워만 할 수 있겠는가.

사실 '까마귀' 를 사전에서 찾아보면 '가장 머리가 좋고 학습능력이 뛰어난 새' 라고 풀이되어 있다. 그런데도 예전부터 사람들은 까마귀가 꽥꽥 울면 불길한 일이 생긴다고 믿고 있었는데, 그것은 누군가가 까마귀가 죽은 시체를 뜯어먹고 있는 장면을 목격한 후 갖게 된 잘못된 생각은 아니었는지…. 어떻든 독수리나 하이에나처럼 까마귀는 썩은 것도 먹어치우는 청소부요 이로운 새다.

그리고 '반포지효反哺之孝' 라는 말이 있듯 까마귀는 또 효도하는 새로 알려져 있다. 그것들은 어려서 어미가 물어다 주는 먹이를 먹고 자란 뒤 제 어미가 늙어 먹이를 구할 수 없을 때는 그 자식이 먹이를 물어와 먹인다고 한다. 이처럼 인간에 못지않은 아니면 어떤 때는 인간을 훨씬 뛰어넘는 지혜를 보면서 이제 나의 다른 경험 이야기로 글을 끝내려고 한다.

어느 여름 날 나는 사소한 일로 아내와 다툰 뒤 대문을 박차고 가까운 산으로 발길을 옮겼다. 산 중턱도 못 미쳤는데 날씨는 어찌나 덥고 갈증이 나던지 나는 집으로 돌아갈까 생각도 들었으나, 사나이의 체면문제도 있고 해서 겨우 참고 산등성에 올라 나무 그늘에서 쉬고 있었다.

그런데 그때 저 밑 계곡에서 움직이는 무언가가 눈에 들어왔다. 자세히 살펴보니 가뭄으로 말라붙은 계곡 한 곳에 물이 조금 고여 있고 산까치 두 마리가 거기에서 샤워를 하는 중이었다. 한 놈이 물에서 퍼덕거린 후 옆 나무에 올라 사방을 두루 살피고 보초를 서면 다른 놈이 교대로 물에 들었다 나오고, 한참을 부산스레 그렇게 멱을 감더니 둘이서 나란히 나뭇가지에 앉았다. 그런 후 서로 주둥이를 맞대며 애무하다가 다정히 다른 편 산등성이로 날아가고 있었다. 그날 그것을 목격한 나는 사람이 부끄러워 가슴 속까지 비지땀을 흘렸다.

# 미움에서 얻은 것

'쾅' 내 차가 앞차의 뒷 범퍼 오른편을 들이받고 또 앞차는 그 앞차의 범퍼를 박살냈다. 연쇄추돌, 다시 말해 3중 추돌사고가 일어난 것이다.

그리고 곧 내 앞차에선 한 사나이가 한 손으로 머리를 받쳐 들고 엉금엉금 기어나오고, 또 두 번째 앞차에서도 젊은 청년이 차문을 열고 나와 자기 차의 뒷 범퍼를 한심한 듯 바라보고 있었다. 내가 미처 정신을 추스르기도 전에 벌써 경찰이 오고 보험회사원도, 앰뷸런스도 일시에 도착했다. 사고처리라야 전적으로 내 과실이었음을 인정하는 것으로 마무리되었다.

다행히도 더 큰 인명피해가 없었던 것에 안도하며 머리를 다친 응급환자와 병원으로 가는 도중 나는 그때 상황을 머리에 떠올렸다. 사고라는 게 다 순간의 일이긴 하지만 이번 내가 저지른 일은 정말 눈 깜짝할 사이였다. 내 차가 그렇게 빨리 달릴 수 있다는 사실을 나는 그때 처음 알았던 것이다.

그날은 비가 보슬보슬 내리던 5월 수요일 저녁이었는데 나는 교회에서 수요예배를 마치고 집으로 향해 오던 중이었다. 봉천동 고개를 넘어 사당로로 접어들자 차들은 모두 저만큼 앞서 달려가고 있었다. 텅 빈 도로에서 시야가 여유로워지자 나는 아까부터 마음 속으로 싫어하던 한 사람을 더욱 집요하게 미워하기 시작했다.

가식과 위선으로 가득한 사람, 그는 항상 목사님에 대한 아부성 발언 일색이었다. 자기의 간절한 기도에는 늘 성령의 은사로 응답이 오고, 그 은사인지 계시인지도 수를 헤아릴 수 없이 자주 경험했다는 자랑이다.

그리고 자기가 알고 있는 성경구절이라도 모르면 그 사람은 믿음이 없는 것으로 폄하하거나 자기만이 참 믿음의 선봉자나 되듯 거드름을 피우는 것이었다. 늘 그가 하는 기도는 입바름으로 포장되고, 또 혀를 반쯤 문 듯한 그의 어투는 아주 건방지고 뻔뻔스러워 역겹다는 생각마저 들었다.

'예수를 믿는 목적이 무엇인지도 모르는 인간!'

예수님도 '나는 마음이 온유하고 겸손하니 나의 멍에를 메고 내게 배우라' (마 11:29) 하셨고, 몸소 제자들의 발을 씻기시지 않으셨던가 (요 13:5). 그리고 '낮추는 자라야 천국에 들어갈 수 있다' 고 말씀하고 계신다. 그런데 그 친구는 자기가 무슨 믿는 자의 표상이나 되는 양 건방지게 남 위에 군림하려 하다니, 그렇게 믿다가는 천국에 들어가기는 고사하고 팔팔 끓는 유황불 속에 떨어질 거야.

나는 온갖 저주스런 생각으로 그를 미워하며, 마치 어린 시절 늘 힘에 겨워 당하기만 하던 친구를 꿈속에서 주먹질하고 발로 밟아 짓이기듯 속 시원히 액셀레이터를 밟는 순간 내 차는 앞에 서 있던 차를 향해 돌진했던 것이다.

그리고 핸들을 급히 우측으로 꺾는 보람도 없이 앞차의 뒤를 들이받고 그렇게 3중 추돌을 일으켰던 것이다.

그런데 그렇게 사고를 내게 만든 원인이 된 그 집사는 정말 나쁜 사람이었을까. 되짚어 생각해 보니 지금까지 그가 누구에게 나쁜 욕을 했다거나 또 누구와 싸움질을 하거나 누구에게 물질적인 손해를 끼친 일도 들어본 적이 없다. 다만 그 말하는 투와 거드름이랄까 좀 마음에 들지 않는 태도 때문에 그를 미워하고 있었던 것이다.

딴은 이런 속담이 있기는 하다. '내 것을 주어도 예쁜 놈이 있고, 얻어먹어도 미운 놈이 있다' 라는 말이다. 그렇다고 내게 직접 아무런 피해도 주지 않은 사람을 단지 마음에 들지 않는다고 미워하는 일은 옳은 것인가. 믿지 않는 사람이라도 그런 태도는 옳은 일이 아니다. 그런데 느끼는 기분 하나로 죄 없는 한 사람을 난도질하고 있었으니 진정 지탄 받아야 할 사람은 그가 아니라 나 자신임이 분명하다.

그리고 종교, 특히 기독교의 중심사상은 무엇인가. 그것은 바로 '사랑' 이다. 십계명에 쓰인 큰 두 줄기의 사랑, 즉 '하나님에 대한 사랑과 인간에 대한 사랑', 이것이 모든 율법과 강령보다 상위에 놓인다. '하나님을 사랑하고, 부모형제를 사랑하고, 심지어 원수까지도 사랑하라' (마 5:44, 눅 6:22)는 절대 명령과 '일흔 번씩 일곱 번이라도 용서하라' (마 18:21, 22)는 자비와 긍휼은 어떤 어려운 문제도 해결할 수 있는 만능열쇠가 되는 것이다. 그리고 그런 예들은 성경 여기저기에 수없이 언급되어 있다.

잠언서 14:30절에서는 '시기는 뼈를 썩게 한다' 고 했다. 사실 우리가 누구를 미워하게 되면 내 속이 먼저 꼬이고 뒤틀려, 살아가면서도 즐거움을 잃을 때가 허다하다.

그리고 교리는 달라도 불교 법구경 제5계송에서도 '미움과 미움은 또 다른 미움을 잉태할 뿐이며 용서만이 미움을 잠재울 수 있다' 고 했다.

믿는다면서 뼈를 썩게 하는 시기와 질투, 내 눈의 대들보는 보지 못하고 남의 눈에 티끌을 흠 잡는 나의 옹졸함은, 나 자신은 물론 남에게도 피해를 입게 했으니 이제라도 낮아지고 용서하는 그 사랑법을 마음에 깊이 새겨둘 일이다.

# 이집트 잡기雜記

누구에게나 여행은 설레임이다. 새로운 것들을 보고 듣고 경험하게 해 주는 여행은 건물이 없는 학교요, 유리 없이 자기를 비춰주는 거울이다. 여행은 남을 보고 나를 알게 하는 반면교사요, 나 하나가 국가를 대표하는 외교의 자리이며, 서로가 서로를 이해하게 해 주는 화합의 연결고리이다. 그래서 여행할 때의 마음은 호기심과 흥분에 들떠 있으면서도 도를 넘지 않는 자제와 절제의 자세가 필요하기도 하다. 이렇듯 쉬우면서도 쉽지 않은 여행은 어떻든 '인생이란 나그네 길' 이라는 말이 있듯 살아가는 삶의 필수 코스이기에 내게 있어 그것은 늘 끝나지 않는 버킷 리스트(죽기 전에 하고 싶은 일의 품목)의 제일 우선 품목으로 정해 놓은 것은 극히 당연한 일이라 하겠다. 그런데도 경제적인 이유나 시간의 제약 등으로 발이 묶일 때가 많음은 내게 아쉬움보다 더한 우울한 기분이 될 때도 있다.

다행히 몇 년 전 모 여행사가 싼 값으로 이집트 방면 여행을 주선한다기에 친구와 나는 주저없이 신청을 했고 언제나처럼 들뜬 마음으로 여행을 떠날 수가 있었다. 그런데 우리는 시작부터 싼 여행비에 걸맞게 모스코바 비행장에서 6시간 이상을 지체한 뒤 겨우 이집트에 도착했던 것이다. 허나 그게 무슨 대수겠는가. 그런 자투리 시간도 새로운 것들을 보고, 듣고, 만나는 삶의 한 과정이 되니 말이다. 그리고 앞으로 하게 될 여행 일정은 처음보다 끝이 더 좋기를 기대하면서 여정을 시작했다.

내가 본 카이로 시는 면적이 서울보다 훨씬 더 넓다는데 건물들은 대부분 좀 우중충하고 낡다는 인상을 주었다. 그런데 거기에서 한 가지 특이한 사실은 길거리에 신호등이 거의 없는 것이었다. 차는 차대로 씽씽 도로를 달리고 사람들은 눈치껏 길을 건너는데도 교통 사고율은 서울이나 비슷하다고 하니 무질서함 속에서도 질서는 존재하나 보다.

아무튼 이번 여행은 이집트를 시작으로 그리스, 터키를 돌아보는 코스이니 성지 순례길이 아닌데도 이집트 신화며 기독교와 이슬람교 문화를 쉽게 접할 수가 있었다. 우선 나는 바로의 폭정(이집트왕은 히브리인들이 인구가 많아져 전쟁이라도 일어나면 자기들을 배반하고 적의 편에 합세하여 싸울까 봐, 히브리인 남아가 탄생하면 다 죽이라는 명령)을 피해 갈 상자에 실려 나일강을 떠내려 오던 모세가, 빨래

하던 여인에 의해 구조된 북 이집트의 삼각주 게라리 섬이며 모세 기념교회를 구경할 수 있었다. 또 예수님이 헤롯왕의 학정을 피해 70일간 숨어 지내셨던 장소를 기념하는 예수님 피난교회—그 교회 내부의 기둥은 12개이었는데 한 개의 색이 달랐다. 그것은 12사도 중 예수를 팔아먹은 가룟 유다를 상징함—도 돌아볼 수 있었던 것은 내게 큰 수확이었다. 그리고 세계 7대 불가사의라는 피라미드와 스핑크스를 구경하면서 경탄과 아울러 그것들을 쌓아올리는 데 동원된 노예들의 고역을 잠시 생각하며 숙연한 마음이 들기도 했다. 더욱 놀라운 것은 룩소의 룩소 신전과 카르낙 신전, 그리고 하늘 높이 솟아오른 오벨리스크(고대 이집트의 태양신앙의 상징 탑)를 구경할 때였다.

'오벨리스크!'

그것은 내가 전에 파리의 루브르 박물관을 구경할 때 입구에 세워져 있던 돌기둥 같은 것이 아닌가. 내가 그때 그 위용에 압도되었던 그 기둥이 결국 이집트에서 빼앗아온 것임을 여기에서 확인하는 셈이 된 것이다. 그래서 문화란 그렇게 돌고 교류된다는 사실에 그때 유럽에서 느꼈던 나의 유럽문화에 억눌린 자괴지심自愧之心을 다소나마 해소시킬 수 있었다.

계속 다가서는 신전이나 박물관, 광활한 사막에 펼쳐진 합세슈트 장제전이나 고대 이집트 왕들의 무덤이 모여 있는 왕가계곡은 누구라도 보는 사람들의 혀를 내두를 정도의 웅대함을 보여주는 장관이었다. 그러나 나의 관심은 고대문명에 대한 감탄만은 아니었다. 사람과 사람이 만나고 몸짓과 손짓이 서로 교차되면서 맛볼 수 있는 삶의 내음, 그것이 내겐 더 값진 일이었다.

이집트는 아프리카 대륙에 속해 있는데도 사람들의 피부는 검은 색이 아닌 중동인들처럼 다소 하얗고 윤곽이 뚜렷하며, 특히 차도르를 쓰고 거리를 거니는 여인들의 모습은 여유롭고 아름다웠다. 지나가는 사람에게 내가 주워 들은 이집트 말로 '게이프 할록? (안녕하세요?)' 하고 인사를 건네 보면 그들은 친절하게 반기며 '함드릴레(안녕하세요)' 하고 답례를 해 주는 것이었다.

이 나라의 종교는 95% 이상이 이슬람교도이고, 2~3%가 곱틱 기독교인(곱틱 교인들은 오른 손목에 파란 색 십자가를 새기고 있음)인데 특별한 종교적 갈등은 없다고 들었다.

3일이 지난 날 저녁 우리는 배를 타고 나일강을 따라 선상 쇼를 구경하게 되어 있었는데 그때가 마침 라마단 기간(이슬람교의 금식기간)이라 안내인 이야기로는 벨리댄스는 구경할 수 없을지도 모른다는 것이었다. 그런데 세월이 지나며 종교의식도 퇴색되었던지 모든 프로그램은 차질 없이 진행되었다. 선상의 무대에서 한참동안 노래와 춤, 드럼연주를 구경하다 바람을 쏘이려고 갑판 위로 올라가보았다. 그런데 거기에 아까 쇼에서 폴랭카며 비틀즈 노래를 들려주던 미남가수가 커피숍에서 혼자 차를 마시고 있는 것이 아닌가. 내가 눈인사를 보내자 그는 자리를 권했고 우리는 함께 커피를 마시면서 서로 이런 이야기를 주고받았다. 그는 마흔 셋, 노총각으로 어머니와 함께 살고 있으며 자기 누나는 선생이라는 등 장황하게 자기를 소개했다.

그의 이야기가 끝나자 나는 그에게 이슬람교에 대해 물어보았다. 그때 그의 설명을 다 기억할 순 없지만 기독교에서는 아브라함 이후에 선지자들이 많은데 이슬람교는 이스마엘 이후 마호메트 밖에 없다는 것이다.

그런데 놀라운 사실은 우리가 성경에서 익히 보아온 하나님이 아브라함에게 자기 아들을 제물로 바치라고 했을 때 그때의 아들은 이삭이 분명한데 그의 주장은 아브라함이 제물로 데리고 간 사람은 이삭이 아니라 장자 이스마엘이었다는 것이다. 내가 이삭이라고 아무리 주장해도 그는 이스마엘이라고 우기니 어쩌겠는가. 똑같은 하나의 사실이 그렇게 왜곡될 수도 있는가 하는 의아심을 갖고 호텔로 돌아왔다. 그리고 이슬람교의 중심사상이 무엇인지 궁금하여 찾아보았다.

이슬람교는 기독교의 예수 신격화를 부인하고 중재자도 없다는 평등사상을 바탕으로, 알라만이 유일하다는 유일신 사상이다. 그리고 그들의 신앙 중심 사상은 오주육신五柱六信이었다. 즉 다섯 가지 규범과 여섯 가지를 믿는 것이다. 먼저 5가지 규범(기둥)을 살펴보면

첫째, 타샤후드(신은 유일하며 마호메트는 신의 사도이다)

둘째, 살라트(하루에 5번 메카를 향해 기도하라)

셋째, 사운(라마단 30일간을 금식하라)

넷째, 자카트(가난한 사람을 위해 재물을 희사하라. 1/40)

다섯째, 핫지(메카 순례를 하라)

그리고 믿어야 하는 6가지는(알라신, 천사들, 경전들, 사도와 예언자들, 정명, 최후심판)이라 쓰여 있다. 그런데 나의 궁금증은 위의 강령들에서 보면 이슬람 국가들이 잘 살지 못할 아무 규범도 없는데, 석유가 물보다 싸다는 그 나라들을 왜 선진국이라 말하지 않는 것인가 하는 것이었다. 그리고 그 의문의 답을 다음날 가이드의 설명에서 짐작할 수 있었다. 그 원인이란 바로 다음 세 가지 때문은 아닌지….

첫째, 인샬라(알라신은 유일하시다)－유일신 사상은 좋으나 그들은 모든 실수나 잘못된 일도 알라신의 뜻으로 돌려버린다.

둘째, 부끄라(내일 하자)－매사 완급을 생각하지 않는 느리고 게으른 자세.

셋째, 말레시(문제 없다)－만사를 무사안일 자세로 살아가는 태도.

위에 적어 본 세 가지 해석은 나의 개인적인 생각임을 밝힌다. 아무튼 우리는 남을 보고 나 자신을 깨닫는 타산지석의 지혜와, 서로의 생각과 생활 방법이 달라도 이해하고 포용해 주는 사랑을 바탕으로 살 수 있다면 세상은 더욱 밝아질 텐데….

# 고소공포증

어린 시절 산은 내게 소원疏遠한 곳이었다. 내가 태어나고 자란 곳은 바닷가라서 주위에 산이라곤 없었다. 더구나 우리가 살고 있는 면面은 산이라야 기껏 200m도 못되는 산이 달랑 둘뿐이었다. 그것도 면 소재지를 중심으로 양 끝에 있었으므로 중앙에 위치한 우리 마을과는 거리가 꽤 멀었다. 그래서 우리는 바닷가의 언덕이 제법 높은 산이나 된 듯 그곳을 병정놀이 터 삼아 오르락내리락 하고 노는 게 고작이었다.

그런데 바다 저 건너편에는 높은 산이 몇 개 있었다. 그 가운데 멀리 동편에 솟아 있는 산이 두륜산이었고 바다 건너 서편 산이 일정산이었다. 알고 보면 그 산들도 높이라야 두륜산이 해발 703m요, 일정산이 335m에 불과한 것들이라 몇 천 미터가 훨씬 넘는 고봉준령에 비하면 언덕에 불과했지만 모든 것이 크고 넓고 높게만 보이던 어릴 때 느낀 그 산들은 내게 경이의 대상이었다. 해는 늘 그 동편 산 위에서 솟아올랐고 서편 산이 그것을 삼켰다. 그래서 그 산들은 아침 해를 성큼 들어올리는 힘과 저녁 해를 잡아 끌어내리는 능력을 지녔다고 생각했다. 그리고 어떤 날 구름이 산 중턱에 머물면 그때 산신들은 산속에서 무슨 회의라도 하고 있는 것으로 알았다.

더구나 그런 무한한 신비와 경외감을 더하게 했던 것은 무당의 축원 내용이었다. 밤 으슥한 시간 어느 집에서 무당굿이라도 할 때면, 무당패들은 '휭휭, 깨갱 깽' 머리카락을 쭈뼛 솟구치게 하는 징소리며 꽹과리 소리와 함께 그 집 가족을 위해 축원기도를 올리는 것이었다. 그때 어김없이 등장하는 산들이 주로 이런 산들이었다.

"비나이다. 비나이다. 천지지신 일월성신께 비나이다. 두륜산도 명산이요, 일정산도 명산이라, 두륜산 산신할배, 일정산 산신할매, 백씨 가문 몇 대 대주, 자손 발복하게 하옵시고…."

이런 발원기도를 듣고 자란 나는 상당히 오랜 시간동안 분명 높은 산은 정기가 흐르고, 그 산속에는 우리와는 다른, 능력 있는 신들이 살고 있다고 굳게 믿어왔다. 그러다가 내가 산이라고 할 만한 산에 오른 것은 이미 산에 대한 신비감이 퇴색된 20세 때의 일이었다. 그런데 신비감이 사라진 대신 나는 공포감을 얻게 되었으니….

대학시절 우리 과에는 산을 잘 타는 친구가 하나 있었다. 그는 학교 등산반의 부회장을 맡고 있었는데 어느 날 그는 우리 과 친구들에게 산에 오를 것을 제안했다. 그래서 의기투합하여 모인 친구가 7명이었다. 우리는 하룻밤을 산에서 지낼 계산으로 먹을 것을 준비했고, 텐트며 등산에 관한 모든 장비는 그 친구가 주선하기로 했다.

그런 후 아침 일찍 보무도 당당히 도봉산으로 향했다. 인수봉 아래 도착하여 텐트를 친 후 리더인 친구는 옆에 있는 조그만 언덕에서 로프를 어깨에 걸고 산을 오르내리는 방법을 우리들에게 연습시켰다. 몇 번의 반복된 훈련 뒤에 그는 마지막으로 우리에게 당부했다. '산을 오르는 도중 절대 아래를 내려다보지 말라' 는 것이었다.

우리 일곱 명은 리더인 친구를 선두로 내가 두 번째, 서구가 세 번째, 김규승… 순서로 허리에 밧줄을 매고 산을 오르기 시작했다. 그리고 10여m를 올랐을까 그때 서구 뒤에서 올라오던 네 명의 친구들은 산에 오르기를 포기하고 아래로 내려가 버렸다. 이제 달랑 세 사람뿐, 사실 그때 나도 내려가고 싶은 생각이 굴뚝같았다. 어젯밤에 꾼 꿈(그 꿈만 꾸면 꼭 좋지 않은 일이 생겼음)도 그런 데다 걸어서 오를 수 있는 경사가 완만한 산행도 아니요, 처음 해 보는 등산에 로프를 타고 가파른 산을 오른다는 일이 그렇게 탐탁치가 않았다. 더구나 산에 대한 경외감이 이제 겨우 사라진 겁쟁이가 아니었던가.

그런데 또 다른 한 편에선 '죽으면 죽으리라' 하는 '사나이'의 호기가 꿈틀거리고 있었으니 나는 차마 등산을 포기할 수도 없었다.

그렇게 오르기를 계속하다가 정상이 그리 멀지 않은 지점, 내 발 밑엔 딛고 서 있을 만한 돌 터거리가 있었다. 그래 잠깐 숨을 돌릴 생각으로 멈춰 서서 순간 저 아래를 내려다보았다. 헌데 그게 큰 실수였다. 아스라이 내려다보이는 저 밑, 그리고 더 올라가야 할 산의 정상, 그때부터 내 발은 얼어붙어 버렸다. 저 위에서 리더 친구가 내 이름을 부르는데도 내 목소리는 모기소리만큼도 나지 않았다. 그는 하는 수 없다고 생각했던지 거의 짐을 올리듯 나를 잡아끌어 올렸다.

'털썩' 산 정상 바닥에 놓인 나는 이제 네 발 짐승이 되었다. 서 있기라도 하면 금방 바람에 날려 떨어질 것 같은 두려움에 나는 바닥을 벌벌 기었다. 저 아래 황금 들녘이 그리도 아름답게 펼쳐 있건만 내겐 그런 것들을 감상할 여유가 없었다. 리더와 서구(그 친구도 간이 내 열배는 되는 놈이었다)가 사진을 찍는다 어쩐다 하면서 이리저리 걸어 다니는데도 나는 박제 인간이나 쿠알라의 행동반경을 벗어나지 못하고 엉금거릴 뿐이었다. 그런데 정작 큰 문제는 '어떻게 산을 내려가야 하나' 하는 것이었다.

친구는 벌벌 떨고 있는 나를 끌고 한쪽으로 갔다. 거기에는 쇠고리가 박혀 있었다. 전에 산악인들이 얼마나 많이 사용했던지 그 고리는 닳아 반짝거렸다. 그는 거기에 밧줄을 매고 내 어깨에 걸어주었다. 나는 아까 저 아래에서 연습했던 대로 밧줄을 사타귀에 걸고 산을 내려갈 준비를 할 수밖에 없었다.

어쩌겠는가. 혼자서 산 위에 남아 지낼 수도 없는 일이니 말이다. 이제 줄을 타고 바위를 차면서 내려가라는 것이다. 거기 그대로 앉아 죽을 수는 없는 노릇이니 또 나는 '죽으면 죽으리라' 하는 일사각오의 정신으로 산 벽을 타고 내렸다. 내려가는 도중에 벽을 발로 차는 것을 잊어버리고 무릎으로 찍을 때는 줄을 놓고 싶은 때도 있었으나, 그래도 참고 견디며 가까스로 땅에 발을 디딜 수가 있었다.

아, 그때의 내 기분, 그것은 에베레스트 산을 정복한 것보다 더 기뻤다. 그리고 텐트 안에 자빠져 있는 네 친구가 정말 초라하고 한심해 보였다.

'나는 네 놈들과는 다른 일생일대의 큰 업적 하나를 이룬 사람이

다.'

그들의 풀죽은 모습에 고무되어 나는 한껏 호기를 부렸다. 진정 산은 그런 기분 때문에 위험을 무릅쓰고 오르려 하는가 보다. 그런데 그 후에 리더 친구가 또 산에 가자고 제안했을 때 나의 대답은 단호하게 '노' 였다. 세 번 이상만 산을 타면 공포감이 없어진다는 그의 말도 내 귀엔 들어오지 않았다. 그 가장 큰 이유는 이런 것이 아니었는지 모르겠다. 마치 초등학교 학생에게 갑자기 어른들이 하는 마라톤 풀코스를 뛰게 하여 겁을 먹은 그런 꼴이라 할까.

아무튼 그 후 나는 2층만 올라가도 현기증이 나고, 조금 높은 곳만 올라가면 떨어져 죽을 것 같은 두려움에 벌벌 떨고 있으니 사나이의 체면은 어디에 팔아먹고, 또 언제쯤 이 공포증에서 사라지게 될지….

산은 결국 내게 경외와 공포의 대상이었음에 틀림없나 보다.

# 세상에서 제일 맛있는 것

'세상에서 제일 맛있는 음식이 무엇일까?'

이런 질문은 마치 세상에서 제일 아름다운 꽃을 답해 보라거나 아니면 세상에서 제일 예쁜 물고기가 무엇인가 알아맞히라는 질문처럼 그 답을 한다는 것이 아리송하고 애매하기 그지없다. 사막을 오랫동안 여행한 목마른 사람에겐 오아시스의 물이, 어제 술을 마신 사람이라면 아침 해장국 한 그릇이 제일이라 말할 것이다. 누구는 불고기를 꼽고, 또 부유한 미식가라면 세상에서 제일 비싸다는 송로버섯(Italian white Alba Truffle)이나 철갑상어 알(Almas Caviar), 아니면 거위 간 요리를 꼽을지도 모른다. 이처럼 맛이란 그 사람이 처한 환경—나이나 건강 상태, 분위기, 계절 감각 등—에 따라 그 답은 천차만별이 된다.

어린 시절 외삼촌에게 들었던 얘기가 생각난다. 일정시대에 국민학교(초등학교) 4학년짜리 학생이—그 당시 학생들은 나이가 꽤 많은 사람도 있었다— 담배를 피우다 일본 사람 교장에게 들켰더란다. 그 때 교장선생은 그를 옆으로 불러 꿇어앉히더니 이렇게 물었다고 한다.

"너 담배 중에 제일 맛있는 담배가 무엇이더냐?"

그 학생은 두렵기는 했지만 교장선생의 표정이 그리 엄하게 보이진 않았던지 이렇게 답했더란다.

"담배는 꽁초가 제일 맛있어요" 라고.

그러자 그 교장선생은 무릎을 치고 껄껄 웃으며 "과연 네 말이 맞다" 하면서 그 학생을 용서했다는 것이다.

음식도 예외일 수는 없다. 셀 수도 없이 많고 많은 종류의 음식들, 그 가운데 맛있는 음식은 정작 고급스럽고 값비싼 음식이 아니다. 그보다는 그때그때 자기 몸이 필요로 하는 것, 그리고 시장할 때 먹는 음식이 다 맛있는 음식이다.

한 번은 밖에서 친구들과 신나게 공차기 놀이를 하고 집에 와서 어머니가 차려준 밥상 앞에 앉았다. 그런데 김치가 유별나게 맛이 있었다. 그때 나는 어머니에게 물었다.

"엄마, 이 김치 누구네 거야? 정말 맛있는데."

어머니는 그때 "그래, 윗집 할머니 댁에서 얻어 왔다" 하고 답하시며 웃으시는 것이었다.

사실은 우리 집 위에는 먼 친척 벌 되는 할머니 네가 살았는데 그 집은 우리보다 훨씬 더 부자였다. 그래서 가끔 그 집에서 먹어 본 반찬은 우리 것보다 더 맛있다고 느끼고 있던 터였다.

내가 게걸스레 밥을 다 먹어치우고 나자 어머니는 "이놈아, 그 김치는 니가 늘 먹던 우리 집 김치이지 얻어오긴 어디서 얻어 와!" 하고는 핀잔을 주시는 것이 아닌가. 똑같은 김치를 갖고도 더 맛이 있다고 느껴지니 '시장이 반찬이라' 는 말은 틀림없는 명언 중의 명언인 셈이다. 그런데 정작 지금까지 내게 제일 맛있었던 음식은 무엇이었을까?

우리 마을은 바다에 인접해 있었다. 그래서 사람들은 반농반어의 마을에서 농사와 바다 일을 겸하며 살고 있었고, 나는 어려서부터 자연스럽게 바닷물고기에 입맛을 들였다. 그런데 중고교시절 도시에서 자취나 하숙생활을 하면서 제대로 된 생선을 구경할 수가 없었다.

하숙집에서 어쩌다가 밥상에 올라온 생선이라는 것은 바다가 몹시 그리워 눈깔이 튀어 나오다 못해 살이 흐들흐들 물러진 놈뿐이었으니, 그때마다 나는 방학 때 집에 가면 팔팔 뛰는 생선을 실컷 먹어보겠다고 다짐했다. 그리고 그 당시에 우리 집엔 세 사람이 공동명의로 한 어선 한 척이 있었기에 그런 희망은 실현하기 어려운 일은 아니었다.

여름방학이 되고 우리 배가 고기를 잡으러 바다로 나가려던 날, 나는 아버지께 바다에 따라가겠노라 졸랐다. 그럴 수밖에 없는 이유는 '자식은 절대 배를 타게 해선 안 된다' 는 아버지의 굽힐 수 없는 굳은 신념 때문이었다. 다시 말하면 자식을 '뱃놈' 으로 만들어선 안 된다는 아버지의 일념 때문이었다. 그러나 그날 나는 다행히도 함께 배를 타는 아저씨들의 협조로 간신히 고기잡이에 따라나설 수 있었다.

그물을 바다에서 거둬 올리자 은빛 숭어며 전어, 도미, 또 상어 새끼 등 여러 종류의 고기들이 펄쩍펄쩍 힘자랑을 하며 올라왔다. 나는 그 싱싱한 고기들을 회로 떠서 먹고, 지지고 볶아 먹고, 그렇게 이틀 동안을 먹어댔다. 그러자 이제 생선이 더는 반가운 음식이 아니었다.

그리고 육지가 그리워질 때쯤, 오후에 거둬 올린 그물에는 조그만 바다오리 한 마리가 물고기들과 함께 걸려 올라왔다. 그러자 취사 당번 아저씨는 '옹, 이놈 잘 걸렸다' 하며 능수능란하게 털을 뽑고 내장을 꺼내 씻은 뒤 그것으로 국을 끓였다. 배 위에 무슨 특별한 양념이 있는 것도 아니니 단지 된장만을 풀어 끓인 오리고깃국이었던 것이다. 그런데 그 고기를 한 숟갈 입에 떠 넣는 순간, 마치 삐걱거린 기계에 윤활유라도 바르듯 내 입안에선 자르르 기름기가 돌고 씹혀 넘어가는 그 맛이라니, 이건 환상적이었다.

칠십 평생을 살아오면서 나는 별스런 음식은 아니더라도 맛있다는 음식은 가끔 먹어보았음을 부인할 수 없다. 그런데 그때마다 그 맛들은 쉬이 잊혀지기 마련이었다. 허나 지금까지도 짜릿하게 입안이며 가슴까지 파고드는 그때 그 오리고기 맛을 나는 잊을 수가 없다.

그렇다면 세상에서 제일 맛있는 음식은 무엇이라 말해야 할까. 물론 위에서 말했듯 그것은 값비싸고 잘 차린 진수성찬이 아니다. 시장할 때 먹는 음식, 그리고 그 가운데서도 내 몸이 가장 필요로 하는 영양소를 공급해 주는 그런 음식은 아닌지….

지금도 나는 그때 생각에 입술에 기름기가 돈다.

# 치매 이야기

이제 내 나이 고희古稀로 접어드니 가끔씩 나도 모르게 이상한 행동을 할 때가 있다. 무얼 가지러 옥상에 올라갔다가 '내가 여기 무엇 하러 왔지?' 하고 한참을 망설이거나, 볼펜 한 자루를 산다고 문방구에 갔다가 정작 사 들고 온 것은 건전지가 되어버리는 경우도 있었다. 그리고 현관문 앞에서 문 여는 비밀번호를 잊어버려 아들에게 세 번이나 물었던 적도 있다.

이 정도가 되면 분명 요즘 유행처럼 회자膾炙되는 그 치매癡呆의 초기 단계가 아닌지 걱정스러웠는데, 의사 선생님은 그건 치매가 아니고 건망증이란다. 그렇다면 그 차이가 무언지 물으니 건망증은 내가 옥상에 갔다는 사실을 알고 있지만, 치매인 경우는 옥상에 갔다는 사실 자체를 모른다는 것이다. 다시 말해 건망증健忘症은 보고 들은 것을 쉽게 잊어버리는 기억력의 장애라면, 치매(癡 = 痴呆)는 지능, 의지, 기억력 등 정신적 능력의 퇴화현상이라 설명할 수 있겠다.

아무튼 건망증이지 치매가 아니라는 사실은 반가운 일이나 그것도 정도가 심해지면 생활에 많은 지장을 초래할 터이니 분명 걱정스러운 일임엔 틀림없다. 그런데 우리가 예전에 노망이나 망령 들었다고 말해 온 그 치매에는 단계가 있는 것일까.

언젠가 한 친구는 농담 삼아 내게 물었다.

"야, 치매 제1 단계가 어떤지 알아?"

내가 대답을 못하고 망설이자 그는 이렇게 설명하는 것이었다.

'소변을 본 후 지퍼를 잠근 줄 알고 그대로 화장실을 나오면 제1단계. 지퍼를 내린 줄 착각하고 소변을 누어버리면 제2단계, 손자에게 '쉬' 하고 오줌을 누이다가 자기가 싸버린 것이 제3단계' 란다.

그럴듯한 얘기라고 웃어넘겼는데 내가 전에 본 경험으로도 치매에는 분명 단계나 정도의 차이가 있었던 것 같다.

우선 나의 친척 할머니 얘기를 예로 들어보자. 그분은 내가 우리 아이들과 함께 시골에 문안차 들르면 "응, 너 왔냐? 아이들이 많이 컸구나" 하시며 아주 정상적이 되셨다가 갑자기 "너 장가는 갔냐? 빨리 장가들어 자식 낳아야지" 하며 엉뚱해지신다.

두 번째 예로는 우리 마을에 유머감각이 아주 풍부한 할아버지 한 분이 계셨다. 여기 그분에 관한 일화 한두 가지를 들어본다.

어느 날 젊은 새우젓 장사 아주머니가 마을을 돌며 "젓 사시오, 젓!"

하고 외치다가 그 할아버지네 대문 안으로 들어왔다. 그때 마당에서 어슬렁거리던 노인은 아주머니 젖 가슴을 뚫어지게 바라보며 이렇게 말했단다.

"뭐, 젖이요? 나 젖 떨어진 지 70년도 넘었소."

이 말이 떨어지기가 무섭게 새우젓 장사 아주머니는 부끄럽고 무안해 쫓기듯 대문을 박차고 나갔다는 것이다.

그리고 또 한 번은 그 할아버지 손자가 학교에서 돌아와 할아버지에게 밖에서 들었던 얘길 전해 주었다.

"할아버지 윗마을에 송아지 한 마리가 죽었대요. 그 고기 잡수시면 오래 사신다고 하던데…."

그러자 그 노인 하신 말씀, "야, 이놈아, 오래(올해)만 살아서 되겠느냐? 내년에도 살아야지."

헌데 그렇게 재미있으신 분이 노망기가 들자 아이들만 보면 피하고 손자더러 '아저씨' 라 부르질 않나, 여름에는 아침부터 동리를 돌며 남의 집 담 위에 열려 있는 박이며 호박을 전부 따내는 것이었다. 그리고 칼로 도려내어 한입 입에 넣어보고는 '퉤퉤' 뱉으며 수박이 덜 익었다고 투덜대셨다. 내 소견으로는 위에서 예를 든 할머니의 경우를 치매 1단계로 보고, 할아버지의 경우는 2단계라고 정의하면 어떨지. 아무튼 위의 두 경우는 그래도 애교 있는 경미한 치매라 하겠다. 그런데 내가 얘기 들었던 또 다른 할머니 한 분은 그 증세가 몹시 심한 중증, 3단계 치매라고 해야 할 것이다.

그 할머니는 며느리가 밥을 차려주면 걸신들린 듯 다 드시고는 금방 또 배고프다고 아우성치셨단다. 그리고 말없이 웅크리고 앉았다가 무어든 보는 대로 내던지고, 대변을 벽에 도배질하거나 심지어는 그걸 잡수시기까지 했단다.

이런 상태이니 집안 형편이며 식구들의 고충은 어떠했겠는가. 더구나 호구지책糊口之策으로 하루 일해서 하루를 먹고 사는 빈한한 가정에서는 그런 환자를 돌보는 일이 쉽지 않았으리라. 그래서 효를 백행지본百行之本으로 중시하던 우리 조상들도 마지못해 고려장高麗葬이라는 시한적으로만 살 수 있게 하는 매장방식을 택했는지도 모르겠다.

다행히 요즘에는 치매노인을 전문으로 돌보는 요양소가 있고 그 시설도 아주 잘 되어 있다고 들었다. 바쁘게 살아야 하는 핵가족화 된 현대인들에게 그런 시설은 필요하고도 고마운 일임에 틀림없다. 그러나 그런 노인들에게 가장 필요로 하는 것은 그분들을 고독이나 무력감에서 헤어나게 할 수 있는 따뜻한 정情이 아닐지.

오늘날처럼 가족관계가 아무리 전 같지 않다 해도 인륜이 천륜임은 거부할 수 없는 진리다. 만약 식구들 중 누군가에게 문제가 생긴다면 그걸 해결하고 보살펴야 할 사람은 우선 자기 가족인 것이다.

그래서 저 미국의 문화인류학자 마거릿 미드 여사(1901~1978)가 언급한 대로 '모두 함께 모여 사는 우리의 전통 대가족제도'가 가장 이상적이 아닐는지 나는 부질없이 한 번 생각해 본다.

# 글쎄 그렇긴 한데

"형님 고향이 어디요?"

따지듯 묻는 말에 '해' 하고 '남' 자가 입에서 떨어지기가 무섭게 전화기가 놀라 경기할 정도의 큰 소리로 다그쳐온다.

"왜 형님 고향이 해남이요! 신안군 증도에서 낳아 다섯 살이 되도록 자랐으면서."

갑작스런 항의에 한동안 말을 잊고 멍히 얼이 빠져 있는데, 그 친척 동생은 얼마 뒤에야 이성을 되찾고 낮은 톤의 차분한 음성으로 이것저것 내 집 안부를 물어왔다.

얘기를 듣고 보니 얼마 전 내가 보내준 책이 화근이었다. 직장을 정년퇴직하면서 내가 쓴 시집의 소개란에 해남이 고향이라 적었던 것이다. 그걸 받아본 그 동생이 화가 나서 전화로 내게 따진 것이다. 해남군이든 신안군이든 대한민국 전라도 끝자락에 자리한 지역들로 거기가 거긴 데도 그는 그것이 몹시 마땅찮았던가 보다.

사실은 이렇다. 내가 태어난 곳은 전라남도 신안군 지도면 증동리 1358이다. 그런데 증도라는 섬이 큰 탓이었던지 지금은 지도면에서 분리되어 따로 증도면이 되어 있으니 다시 정리해 보면 내 고향 주소는 전라남도 신안군 증도면 증동리 1358번지인 셈이다.

그런데 사전을 찾아보면 고향이란 '자기가 나서 자란 고장' 또는 '자기 조상이 여러 대 살아온 곳' 이라 정의되어 있으니 따지고 보면 '고향인 셈' 이 아니라 그곳을 바로 고향이라 해야 옳을 것이다.

더구나 요즘 그곳은 신문이나 TV에서 붕붕 뜨는 슬로시티가 되어 있는 곳이기도 하다. 서쪽으로는 오래 전부터 세상을 떠들썩하게 했던 신안 해저보물을 건져 올린 바다가 있고, 우리나라에서 천일염을 생산하는 단일 염전으로는 가장 큰 '태평염전' 이 있으며 명사십리라고 부르는 우전해수욕장으로도 유명한 곳이다.

그리고 기억을 더듬어보면 그곳에서의 어린 시절 추억도 몇 가지 남아 있기도 하다. 친구들과 바닷가에서 꽃게 딱지로 배 삼아 놀던 일이며 모래성을 쌓던 생각도 남아 있다. 더구나 신기하게도 다섯 살 전의 일인데도 함께 놀았던 두 친구의 이름을 기억하고 있었다. 사실 그들은 나보다 두 살 손위였다. 연전 증도에 들러 그 친구들 이름을 들자 친척 한 분은 '어떻게 다섯 살도 덜된 나이에 그 사람들의 이름을 지금까지 기억하냐' 며 내 기억력에 놀라워했다.

그런데 불행하게도 그들은 이미 이 세상에 없다는 것이다. 이제 마지막으로 남아 있는 그때의 기억 하나는, 어느 초여름 긴 모래밭을 걸어 선착장으로 향하던 길에 빨간 해당화를 꺾어 밀짚모자에 꽂았던 기억이다. 알고 보면 그때 그 길이 신안군을 마지막으로 작별하고 해남으로 향하던 이사여행이었다.

이처럼 어린 시절 얼마의 추억이 남아 있고, 또 조상님들의 산소가 있으며 자랑스러운 친환경적인 그 섬이 고향인데도 누가 내 고향을 물으면 나는 무심결에 해남이라고 답해 버린다. 그 이유는 무엇일까? 해남이 신안보다 더 유명해서일까. 아니면 정이 든 친구들이 살고 있어서, 또는 그곳에서 가장 오래 살아서일까?

허나 그런 것은 모두 이유가 될 수 없을 것 같다. 고향이라 찾아가 본 해남도 지금은 누구와 정겨운 수인사 한 마디 건네는 일이 드물다. 산천도 개벽이 되어 어린 시절 거닐던 추억의 오솔길이며 항상 가슴을 시원하게 쓸어 내려주던 바다도 없어진 지 오래다.

그리고 살아온 시간으로 따진다면 나의 고향은 서울이라 해야 옳은 말이다. 신안에서 5년, 해남에서 9년, 목포에서 6년, 그리고 거의 50년을 줄곧 서울에서 살고 있으니 말이다. 여기에서 자식 낳아 기르고, 삶의 대부분을 보내고 있으니 분명 햇수로 따진다면 서울이 압권이다. 그런데도 나의 고향은 늘 해남이다.

왜일까? 생각해 보니 그 이유란 간단하다. 나의 생애에서 가장 감수성이 강했던 10대를 그곳에서 자라며 보냈기 때문일 것이다. 지성과 감성, 사춘기의 싹을 눈 띄운 그곳, 거기가 나의 고향임은 당연하다. 그런데 그 동생의 항의전하를 받고 보니 그 또한 일리가 있다는 생각이 들었다. 그러나 그게 무슨 대수이겠는가. 유행가 가사처럼 '고향이 따로 있나, 정 들면 고향이지.'

어느 날인가 트럭으로 과일을 팔러 다니던 아저씨가 한 얘기를 들었던 적이 있다. 첫 번째 여자 손님이 전라도 말투를 사용하자 그는 자기 고향이 전라도 어디어디라고 반기더니, 다음 손님이 경상도 말씨를 쓰자 그는 금방 고향이 경상도가 되어 버린다. 친밀감으로 물건을 더 많이 팔아보겠다는 상술이겠으나 고향을 전국구화한 그의 말도 일리가 없는 것은 아니다. 어차피 지구촌이 다 고향인 셈이니 말이다.

그런데 우리는 누구를 만나면 여전히 고향을 묻고, 상점에서 물건 하나를 사면서도 내 땅 상표를 우선 고르려고 하니, 어느 소설가가 말했듯 '서울에는 서울 사람이 없다.' 다만 '삼성, 엘지, 해태, 롯데' 의 팬이 있을 뿐이라는….

# 불청객, 메모리 칩

밤늦은 시간, 잠이 오질 않는다. 긴 겨울밤은 내겐 불면의 시간이 될 때가 많다. 무어라도 써 볼 양으로 책상에 앉는다. 잡힐 듯 잡힐 듯 잡히지 않는 글감이 조바심되어 어깨를 짓누를 즈음 들려오는 귀에 익은 저 소리, '푸드득, 스르륵, 찍' 천정이 요란스럽다.

20년이 넘은 오래된 집이라도 금간 곳 하나 없이 튼튼히 지어진 집이라 지금까지 집수리 같은 걸 모르고 살아온 터이다. 그런데 단단한 콘크리트 건물 천정에 저놈들은 어떻게, 무엇 하러 들어온 것일까. 생각이 거기까지 미치자 기억은 이내 나를 고향으로 끌고 간다.

가을걷이가 끝난 시골은 농부들만큼이나 쥐들에게도 풍요로운 계절이다. 창고며 광마다 나락가마니며 곡식들로 가득하다. 또 내가 기거하는 우리 작은방에는 댓가지로 엮은 그만한 고구마 두 대통이 있고 그 안엔 고구마가 가득 쌓여 있다.

이제 쥐들은 밤을 낮 삼아 자기들 식성 따라 창고며 작은 방 이곳저곳을 들락거리며 먹어치우면 그뿐이다. 그래 사람들은 그놈들을 퇴치하기 위해 고양이를 길러보고 '쥐덫'이며 '끈끈이' '쥐약' 등 갖은 방법을 동원해도 임신기간이 30일이 못되고 1회에 6~9마리 정도의 새끼를 1년에 7회도 넘게 출산하는 그놈들의 번식력을 당해낼 재주가 없다.

겨울 밤 친구들과 밖에서 놀다 집에 들어오면 작은 방에서는 그들의 하루가 절정으로 다다라 찍찍거리며 고구마를 갉아대는 소리로 떠들썩하다. 그러다 내가 천정이라도 두드리고 두 대통을 주먹질하면 순간 주위는 쥐죽은 듯 조용해졌다가 아침에 잠에서 깨어나면 두 대통 주변엔 어제 밤에 속을 할퀸 고구마 껍질이 여기저기 너부러져 있기 일쑤였다.

비겁하게 얼굴을 숨기고 밤마다 반복되는 그들의 얄미운 짓거리에 보복할 방법이 없나 생각하던 중 한 마을 아저씨가 기발한 쥐잡기 방법을 알려주었다. 자기는 밤에 자면서 밥알 한 숟갈을 손 위에 놓고 잤더니 쥐가 그걸 먹으려고 손에 올라와 잽싸게 움켜쥐고 방바닥에 내동댕이쳐 두 마리나 잡았다는 것이다.

어느 날 밤 나도 같은 방법으로 손바닥에 밥을 놓고 자리에 누워 쥐를 기다렸다. 그러다가 깜빡 잠이 들었다. 잠결에 손 위가 묵직해 오는 감에 주먹을 움켜쥐는 순간 '찍' 소리를 내며 쥐 한 마리가 내 손가락을 물어뜯고는 도망쳐 버렸다. '아, 그렇게 해서 쥐를 잡을 수도 있겠구나' 하는 가능성만을 확인하고 쥐잡기 놀이는 그렇게 끝이 났다. 그리고 20년도 지난 어느 날의 에피소드를 나는 결코 잊을 수가 없다.

일과를 끝마치고 나와 나의 동료는 건너 편 다방에 들렀다. 넓은 다방 안에 손님이라곤 우리 두 사람뿐이었다. 우리는 몇 마디 일상적인 대화를 나눈 뒤, 누구 다른 사람들 눈치를 볼 것도 없고 해서 나는 다방 레지에게 실없는 농담이라도 건네려는 참이었다. 그때 갑자기 주방 안에 있던 다방 아가씨의 자지러진 고함소리가 들렸다.

"쥐, 쥐, 저기."

나는 그녀가 가리키는 곳으로 눈을 돌렸다. 그런데 거기 제법 큰 쥐 한 마리가 벽의 찬장 그릇 사이를 서성이고 있지 않는가. 지체할 틈이 없었다. 나는 성큼 달려가 전광석화처럼 쥐를 움켜쥐고 땅바닥에 잽싸게 내동댕이쳤다. 쥐는 뒷다리를 바르르 떨면서 뻗어버렸다.

그때의 그곳 분위기를 상상해 보라. 나는 저 골리앗을 물맷돌로 죽인 다윗 소년처럼, 맨손으로 쥐를 잡은 무사가 되었고, 그날 그 다방의 영웅이 되었다. 물론 커피는 무료제공 되었으며 그 후 얼마동안 그

전설적인 사건은 인구에 회자되었던 것으로 기억한다.

아무튼 고향 아저씨의 그 기발한 쥐잡기 방법이 현장실습의 효과를 거두게 되었던 것이다. 이처럼 쥐에 얽힌 이야기들도 열거하면 부지기수가 되리라. 늘 사람 사는 곳엔 쥐가 함께하기 마련이니 크고 작은 에피소드를 더 말해 무엇 하겠는가.

컴퓨터에서 검색해 보니 세계적으로 쥐가 9과 250속에 1800종이 된다고 한다. 우리나라의 쥐도 12종이나 되는데 우리가 알고 있듯이 쥐는 1년에도 수십 톤의 식량을 축내고 페스트나 발진티푸스 같은 전염병을 옮기는 숙주 역할을 하는 해로운 동물이라는 것은 사실이다. 그래서 옛 조상들도 오죽하면 쥐에게 생원 벼슬까지 주어 '서생원' 이라 호칭하며 피해를 줄이려 했겠는가.

그런데 다른 편에서 생각해 보면 '한 사람에게 독은 또 다른 사람에겐 맛있는 음식이 된다' 는 속담처럼 세상에는 절대적인 이익이나 또 해만을 끼치는 것은 없다. 쥐는 고양이나 여우, 족제비, 담비, 너구리, 올빼미 등을 먹여 살리는 중요한 먹이 사슬을 형성하고 있다. 그리고 사향 쥐는 모피를 제공해 주며, 예부터 부종에 걸린 사람은 쥐 고기를 먹고 병이 나았다.

항해하던 배가 물에 가라앉을 기미가 있을 때 쥐들은 숨어 있던 곳에서 뛰쳐나오므로 위험을 예고하는 예고자 역할을 해 주기도 한다. 그리고 흰 쥐, 마우스 등 실험용 쥐가 없었다면 인간의 질병을 치료할 수 있는 약품 개발에 얼마나 많은 어려움을 겪게 되겠는가.

지금 이 시간에도 쥐들이 천정을 활보하는 일이 없었다면 나는 무기력하게 책상 앞에 앉아 시간이나 죽이고 있었을 것이다. 그런데 나는 너희들 덕택에 풍부한 글거리를 제공 받았다. 너 불청객, 서생원, 너는 더 이상 불청객이 아니다.

고마운 나의 메모리 칩!

# 그녀와 그 친구, 그리고 나

나는 재떨이를 다시 더듬고 있었다. 조금 전 담배꽁초 하나를 세 번이나 신문지에 말아 손가락이 누렇게 물이 들도록 빨아보았는데도 담배에 대한 갈증은 해소되지 않았다.

다시 주워 든 신문지 말이 꽁초는 그 속에 담배가 남아 있다기보다는 단지 담배 냄새만 배어 있을 뿐이었다. 그런데도 나는 그것을 또 신문지에 말아 침을 발랐다. 맨 신문지만 빨아 태우면서 순간 나는 귀동냥으로 들었던 성경구절을 떠올렸다.

'아브라함이 이삭을 낳고 이삭이 야곱을 낳고 야곱이 또 누구를 낳고, 낳고, 낳고….'

내가 꽁초 마는 일이 흡사 그렇게 계속되고 있었기 때문이다. 옆에서 그것을 눈여겨보던 순영은 측은한 생각이 들었던지, 아니면 자기 처지를 본다고 생각했던지 끌끌 혀를 차더니 유리창 밖으로 눈길을 돌렸다.

10월도 중순을 넘긴 가을날 오후, 캠퍼스 담을 뒤덮고 있던 푸르던 담쟁이 잎들은 검붉은 색으로 변하여 소슬한 바람에 파르르 떨고, 연한 에메랄드 하늘은 손톱자국이라도 스치면 금방 터져 눈물이라도 왈

칵 쏟아 내릴 듯 허허로웠다.

학교 도서관에서 내려오는 한 쌍의 남녀 학생을 바라보던 순영은 못 볼 것을 보기라도 한 듯 몸을 획 돌려 방바닥에 벌렁 드러누웠다.

"제기랄, 나 같은 놈은 여자 복도 없는지…."

"무슨 복? 에이, 담배 한 갑 살 복도 없는 처지에 여자는 무슨 놈의 여자!"

나는 그의 말을 되받아 핀잔을 주었다.

사실이 그랬다. 참으로 이상한 우연의 일치라고나 할지, 요 며칠 사이 나도 순영도 담배 한 개비 살 돈 없는 무일푼 신세가 되었다. 5일 간격으로 같은 하숙집에 들어온 우리는 시골에서 하숙비가 올라오는 날짜도 거의 비슷했다.

그런데 무슨 이유인지 이번 달은 열흘을 넘기도록 아무런 소식이 없었던 것이다. 담배의 경우, 며칠 동안은 친구들에게 얻어 피우기도 하고 다급할 땐 당구장에라도 들러 재떨이에서 담배꽁초를 낚시질하기도 했다. 처음 재떨이 앞에서 뒷짐을 지고 서서 당구 게임을 구경하는 척하다가 남의 눈을 피해 슬쩍 담배꽁초를 더듬어 집어 올릴 때는 일말의 스릴마저 느꼈다.

그러나 그런 짓을 계속하다 보니 무슨 거지 근성이라도 몸에 지녔나 하는 창피한 생각이 들어 더는 그런 짓하는 일이 마음에 내키지 않았다. 그래 어쩔 수 없이 방에 있는 재떨이를 뒤져 담배꽁초를 신문지에 재탕, 삼탕, 사탕 하고 있었던 것이다.

순영은 나보다 세 살이나 위였다. 얼핏 이름으로 보면 그와 나는 '영' 자 항렬을 가진 형제는 아닌지 생각하겠으나 그와 나는 전혀 딴판이었다. 외모나 성격, 그리고 고향이며 전공도 달랐다. 나는 영어 전공이었고, 순영은 정치외교학과 학생이었다.

작은 체격에 약간 다혈질적인 나에 비해 순영은 큰 키에 얼굴이 넓은 느긋한 호인이었다. 다만 그의 생김새가 무어랄까 좀 균형이 잡히지 않은 그런 모습을 지녔다. 넓은 얼굴에 시늉만 하다 만 코, 그리고 특히 입이 아주 작았다. 그래서 그가 말을 할 때는 마치 물고기가 물을 뻐끔뻐끔 내뱉는 것 같아 친구들은 그를 '넙치'라고 불렀다. 그래도 그는 웃어넘길 뿐 화내는 일이 없었다.

그의 고향은 전북 X시인데 아버지가 공무원이라 생활 형편은 다소 여유가 있다고 했다. 그리고 그는 외아들이라 부모님은 하루 빨리 장가들어 손주 보기를 원하시는데도 임자가 나타나지 않는다는 한탄이었다.

내가 신문지로 말아 핀 담배 불에 손을 데어 '앗' 하고 소리 지르던 순간 '박순영 씨!' 하며 대문 밖에서 그를 부르는 소리가 들렸다. 우체부 아저씨였다.

"네!"

순영은 맨발로 뛰어 나갔다. 영등포 농협으로 온 우편환, 일주일 전에 부친 돈이었다. '그런데 왜 이리 늦게 도착' 된 걸까. 그러나 지금 그런 걸 따질 개제가 아니었다.

방으로 들어서며 순영은 '만세' 하고 외쳤다. 나도 마찬가지였다. 우리는 누구의 돈이든 상관없었다. 서로 나누어 쓰고 다 떨어지면 그뿐이었다. 사실 따지자면 순영이 훨씬 더 손해를 보고 있는 셈이었다. 그는 외아들에다가 가정 형편도 나보다 더 나았기 때문에 부쳐 오는 향토장학금(고향에서 보내온 돈)도 훨씬 많았다.

"어이, 가지."

순영이 옷을 갈아입었다.

"죽으라는 법은 없군."

나도 따라나섰다.

오후의 바람은 상쾌하고 지나가는 차들의 경적마저 활기찼다. 지금의 하늘은 얼마 전의 그 하늘이 아니었다. 눈물이라도 쏟아낼 듯하던 그런 하늘은 이제는 존재하지 않았다. 높디높은 희망 가득한 파란 하늘.

우리는 눈 깜짝할 사이에 전차 정거장에 다다랐다. 차 안에서 마주치는 사람들의 눈빛도 모두 정겨웠다. 농협 문을 나서기가 무섭게 우리는 담배부터 한 갑씩 사서 챙겼다. 이제 백만대군을 얻은 장수라도 되는 양 우리는 보무도 당당했다. 눈에 거슬릴 정도로 삐뚜름이 꼬나문 담배는 우리가 무슨 거부의 자제라도 된 듯한 착각을 일으킬 정도였다.

"박 형, 오늘 한 건 엮을까?"

"무얼?"

"아니, 여자 하나 꾸셔보자고."

"그런 용기 있어?"

"까짓것. 한 번 부딪쳐보는 거지 뭐."

"나는 애당초 희망 없는 놈인 걸 뭐."

"아니 박 형이 어때서!"

나는 그의 호주머니 사정에 힘을 실어 그를 한껏 띄웠다.

영등포시장 로터리에서 전차가 '삐' 경적을 울리며 멈추어 섰다. 다투어 차에서 내려오는 사람들, 그 중에서 키가 우뚝한 날씬한 아가씨. 그녀의 겨드랑이엔 책과 노트가 끼어 있었다. 여대생임이 분명했다.

"어이, 저애 어때?"

"정말 죽여주는데."

"내가 한 번 꾸셔보지."

그녀는 막 우리 두 사람 앞으로 다가왔다.

"저, 잠-깐-만."

그녀에게 간신히 말을 붙인 나는 다리가 후들거리고 가슴이 떨려 더 이상 눈을 들 수가 없었다. 전에 가져본 적이 없던 어떤 감정에 짓눌린 탓인지 나는 얼굴이 달아오르고 유별나게 떨렸다. 마치 파출소로 끌려온 비행소년처럼 나는 얼마동안 땅바닥만 응시하고 있었다.

"왜 그러시죠?"

사르르 녹아드는 감미로운 목소리, 그것은 어디선가 들려오는 천사의 음성 같았다.

나는 또 한참을 할 말을 잊은 채 멍히 서 있었다. 그러나 기왕 빼든 칼자루가 아닌가. 죽기 아니면 까무러치기다. 나는 말을 더듬었다.

"저, 시간 있으시면 극장에라도…."

'야, 이 미친놈아! 정신 차리고 집에 가서 책이나 읽어!'

그런 호통이라도 듣게 될까 은근히 걱정하고 있었다. 헌데 이게 웬 떡인가. 팔을 들어 시계를 들여다보더니 그녀는 "네, 좋아요" 하며 쾌히 승낙하는 것이 아닌가.

사실 나는 스물두 살이 되도록 내가 마음에 둔 여학생이 있어도 먼저 말을 건네 본 적이 없었다. 그쪽에서 한 발 먼저 앞으로 나와 내게 말을 걸어오기만을 기다리던, 남들이 보는 것과는 전혀 다른 아주 소극적인 성격이었다. 그런 마음 약한 주제고 보니 지금까지 연애 같은 것은 언감생심이었다. 그런데 이건 어디에서 나온 용기며 또 일이 이렇게 쉽게 이루어지다니. '용기 있는 자만이 미인을 얻는다' 는 얘긴 빈 말이 아니었다.

우리는 영등포 로터리에 있는 어느 극장으로 들어갔다. 물주 순영에게 과자와 팝콘도 사도록 했다. 이층에서 그 여학생을 사이에 두고 둘은 양 옆에 앉아 영화를 관람했다.

그러나 제목이며 영화 내용이 무엇인지 그것은 관심 밖의 일이었고 정신은 온통 그녀에게 쏠려 있었다. 나는 손이라도 잡아보고 싶은 충동을 억제하느라 이마에 땀까지 맺혔다. 아마 순영도 그와 같은 마음이었으리라.

영화가 끝나고 극장 뒤편 골목을 얼마쯤 걷다가 그녀는 어느 집 대문 앞에 서서 문고리를 잡았다. 자기 집에 다 왔다는 것이다. 그리고 영화 잘 보았다는 감사의 말도 전했다. 이미 다음 목요일 6시에 노량진역에서 만나기로 약속을 정한지라 우리는 서로 손을 흔들며 헤어졌다.

집으로 돌아오는 길에 우리는 오늘이 우리 생애에 가장 행복한 날이며 세상에서 우리만큼 행복한 사람은 없다는 듯 흥에 겨워 떠들어 댔다. 그날의 중심 대화란 그녀의 고운 목소리하며 잘 빠진 몸매, 급기야는 그녀의 속옷까지 홀랑 벗겨가며 깔깔대고 웃었다. 다만 걱정되는 것은 그녀가 다음 만나기로 약속한 날 틀림없이 그 장소에 나타날 것인지 아니면 바람이라도 맞게 될 것인지 하는 점이었다.

다음 목요일 오후 강의시간이 끝나자 우리는 서둘러 집으로 돌아왔다. 그리고 약속시간을 기다리는 동안 나는 보리쌀 실컷 삼킨 강아지마냥 화장실로, 구두 닦고 머리 손질하는 일로, 이리저리 왔다갔다 안절부절 못했다.

6시 20분 전 우리는 노량진역에 도착했다. 약속시간 3분 전쯤에 그녀는 어김없이 나타났다. 노란색 셔츠에 분홍색 투피스 차림이었다. 어찌 보면 농익은 여인 같기도 하고 어찌 보면 청순미를 지닌 여학생 같은 그녀의 모습을 우리는 넋을 놓고 바라보았다.

한강교를 건너며 우리는 서로 번갈아 이야기를 주고받았다. 그녀의 이름은 최미나, D대학 2학년을 휴학하고 지금은 디자인 공부를 하고 있다고 했다. 우리는 용산역 부근에서 식사를 하고 용산극장에서 서

부영화 한 편을 본 후 다음 목요일 같은 시간으로 약속을 한 뒤 서로 헤어졌다.

그런데 생각해 보면 그날의 분위기는 참으로 미묘했다. 그녀는 내게 더 다정하게 대하다가도 어느 순간 순영을 더 좋아하는 듯 행동했다. 이쪽인가 하면 저쪽으로 순간마다 뒤바뀌는 감정의 교차, 그래서 '둘 사이는 친구가 되지만 셋 사이는 아무 것도 아니라' 는 속담이 생겨난 것인지도 모른다. 하기야 개도 한 집에서 3마리를 길러 보면 하나는 왕따 당하게 되어 있다. 우리 사이가 바로 그런 관계는 아닐지.

집에 돌아오자 순영은 밤이 늦도록 나를 설득했다. 아니 사정했다. 자기는 나이가 스물다섯이나 되었고 부모님들도 결혼시키기를 그렇게 원하시니 미나 양은 자기에게 양보하라는 것이었다. 그리고 잘 생각해 보면 그녀는 나보다 순영에게 더 어울리는 짝이었다.

우선 나이로 보아도 그녀는 23살, 나보다 한 살 위였다. 그리고 키를 비교해도 그녀가 하이힐을 신으면 나보다 1~2센티는 더 커보였다. 또 나는 무슨 결혼을 생각할 가정형편도 아니었다.

결국 나는 담배며 여러 가지 선심 공세에 못이긴 듯 그녀를 양보했다. 그리고 다음 약속부터는 내가 빠져주기로 약속했다.

가을이 다 가도록 그들은 그렇게 데이트를 하는 눈치였다. 어느 날 호기심에 내가 넌지시 물으면 그의 대답은 매번 판박이였다. 밥 사먹고, 극장에 가고, 덕수궁 길을 걷거나 창경원 등을 구경했다는 답이었다. 내가 혹시 키스라도 했냐고 물으면 그는 얼굴을 붉히며 자기가 무슨 공자 몇 대 손이라도 되는지 불경스럽다는 듯 손사래를 쳤다. 아니 결혼까지 생각하는 처지이면 손목도 잡고 무슨 진전이 있어야 하는 것 아니냐 말하면 그는 그런 것은 차차 할 일이고 진실한 사랑은 그런 것을 초월한 순수성을 지녀야 한다는 것이었다.

그의 순수철학(?)에 감탄도 하고, 그렇다고 내가 다시 둘 사이에 끼어들 형편도 아닌지라 나는 굿이나 보고 떡이나 얻어먹자는 심정으로 그들 관계를 왈가왈부할 필요는 없었다.

그러나 옆에서 그들을 지켜본 사람으로서 느껴지는 답답한 심정은 안타까운 것이었다. 순수한 사랑은 아름다운 것이다. 그리고 맛있는 음식은 아껴 먹게 된다. 그러나 '음식도 너무 오래 두면 쉰다는 것', 그것이 나의 지론이었다.

서울의 날씨란 사계절 중 여름과 겨울, 두 계절 밖에 없다. 봄인가 하면 금방 여름이 되고 가을인가 하는 사이 어느덧 겨울이 되어 있는 것이다.

11월로 접어들자 날씨는 몹시 차가왔고 12월 초인데도 날씨는 영하 10도를 오르내리고 있었다. 이런 날 하숙방에서 책이라도 읽으려면 이불을 뒤집어 써야 할 판이었다. 난방시설이 미흡한 하숙방은 위풍이 무척 심했다. 그래서 불을 지피는 아궁이 쪽은 새까맣게 장판이 타도록 뜨거워도 윗목은 잉크병이 어는 일이 허다했다.

방학이 되자 나는 곧 시골로 내려갔다. 서울에서 하숙비나 축내며 '공부합네' 하고 머물 수는 없었다. 시골에서 내 손을 더 필요로 했기 때문이다. 그러나 순영은 미나 양과의 밀애가 달콤했던지 서울에 더 머물겠노라 했다.

그렇게 1월이 어느덧 지나고 2월 중순 어느 날 내게 편지 한 통이 날아왔다. 순영에게서 온 것이었다. 그는 지금 당장 인생의 종말이라도 맞이하는 사람처럼 비참한 심정이 되어 있었다. 내용인즉 그가 그렇게 사랑하던 미나 양은 어느 날부터 그와 연락을 끊고 전혀 얼굴도 보이지 않는다는 것이다. 그동안 쓴 돈은 그만두고라도 급한 사정이 있다고 해서 부모님께 사정하여 30만원이나 꾸어준 일도 있다는 것이었다. 그리고 동생이 서울로 올라와 필요하니 당분간 이불도 좀 빌려 달라고 했단다.

1960년대에 30만원이란 적은 돈이 아니었다. 그리고 당장 덮어야 할 이불 등. 그러나 그런 모든 것은 문제가 되지 않았다. 25년 동안을 살아오면서 그는 균형 잡히지 않은 자기 얼굴에 대한 열등감에 사로잡혀 어느 여자라도 그에게는 호감을 가질 수 없다고 자학하고 있었다. 그러다가 천재일우로 만나게 된 미나 양, 마치 오랜 바다생활에서 육지로 올라온 선원이 처음 만난 여자를 가장 예쁘게 보듯 그는 모든 것을 그녀에게 걸었고, 그녀만이 그의 삶에 등불 같은 존재로 믿어왔었다. 그런데 어느 날부터 그녀는 그에게서 모습을 감추었던 것이다.

처음 며칠 동안은 느긋한 마음이었다.

'무슨 이유가 있겠지. 내일이면 만날 수 있을 거야.'

그러다가 그립고 보고 싶은 마음이 간절해지자 그녀는 꿈속에서도 나타났다. 헌데 여러 날이 지나도 소식이 없자 이제 불안하고 초조한 마음이 생겼다.

'혹시라도 병이 나서…, 아니면 교통사고로…. 또 누군가 다른 애인이 생긴 것은 아닌지….'

불길한 생각들이 꼬리를 물었다. 이제 가만히 앉아 있을 수만은 없었다.

우선 영등포로 찾아가 보았다. 우리가 맨 처음 만나 영화를 본 후 그녀가 자기 집이라고 하며 대문을 잡고 들어가려 하던 바로 그 집이었다. 그녀에 대해 물으니 집 주인은 그런 사람은 거기에 산 적이 없다는 것이었다. 그렇다면 그녀는 처음부터 사기성 계획을 꾸몄더란 말인가. 그럴 리가 없노라고 자위하면서 이번엔 그녀가 언젠가 가르쳐 주었던 주소로 편지를 보냈다. 그러나 편지는 되돌아왔다.

순영은 이제 배신감을 느꼈다. 순수한 자기의 사랑을 이해 못하는 그녀, 그렇다면 차라리 없는 배짱이라도 내어 그녀의 몸을 소유하지 못한 것을 후회했다. 그리고 나의 충고도 되뇌었다. '맛있는 음식이라도 오래 두면 상한다' 는 지론이었다.

그런 절망상태에서도 그는 편지 말미에 한 가지 희망적인 내용을 적었다. 언젠가 얼핏 자기 동생이 사는 곳이라며 화곡동 이야기를 하더라는 것이다. 나는 그를 위로하며 가능성이 있다는 답장을 보냈다. 분명히 그곳에 가면 무슨 단서를 얻을 수 있을 터이니 방학이 끝나면 함께 찾아보자는 내용이었다.

겨울방학도 다 지나고 나는 2월 말 경에 서울에 왔다. 순영은 나보다 며칠 먼저 와 있었다. 2월 28일, 둘이는 오후 늦은 사간 버스를 타고 화곡동에 내렸다. 삼거리를 지나 가게가 있고 그 건너편에 파출소가 있는 곳, 전에 순영이가 들었던 대로 그녀의 동생이 산다는 곳은 쉽게 찾을 수가 없었다. 날이 금방 어두워졌음으로 우리는 다음 날 다시 찾기로 하고 돌아왔다.

3월 1일, 그날은 내게 일이 생겨 순영 혼자서 집을 나섰다. 화곡동에 도착했을 때는 바람이 몹시 불었더란다. 순영은 담배를 피우려고 길 옆에 서서 성냥을 그었다. 불을 꺼뜨리지 않으려고 고개를 돌리는 순간, 저 앞에서 미나가 걸어오고 있지 않은가. 그리고 막 골목으로 접어들려 하고 있었다. 순영은 잽싸게 그녀에게 달려갔다. 그리고 그녀의 팔을 잡아끌었다. 갑작스러운 일을 당한 미나는 "어머!" 소리치며 팔을 빼려고 했다.

"이 계집애!"

순영은 더욱 힘껏 그녀를 붙들었다.

"왜 이래, 이 자식아!"

미나는 앙탈을 부렸다.

지나가던 사람들은 젊은 부부의 가정싸움이려니 하고 지나쳤다. 그리고 그 광경만으로는 누가 나쁘고 누가 잘한 건지 알 수도 없는 일이었다.

아무튼 마음 약하고 무른 성격인 순영은 그녀가 미안한 기색이라도 보였다면 문제를 조용히 해결하고 또 모든 것을 용서할 생각이었다. 그녀와의 몇 개월은 자기 일생에 다시 없을 추억의 시간이 아니었던가. 그는 진심으로 그녀를 좋아했고 그 사랑은 순수했다. 그러나 너무도 뻔뻔스러운 미나를 보자 그에겐 전에 없던 배신감과 증오심이 살아났다.

"파출소로 가자."

"좋아, 가자구."

그녀는 너무도 당당했다.

파출소 안에는 3명의 순경이 무언가를 얘기하고 있었다. 그 중 한 사람이 순영을 보더니 피식 웃었다.

"무슨 일이죠?"

순영은 자초지종을 상세히 설명했다. 헌데 그 경찰은 다시 피식거리더니 순영을 다그쳤다. 두 사람은 얼마나 깊은 관계였으며 잠자리는 몇 번이나 함께 했냐는 것이었다. 참으로 어처구니 없는 사건의 진상조사였다. 순영은 몇 번이나 그런 일은 없다고 했고 그 순경은 도저히 믿으려 들지 않았다.

미나는 남의 일인 듯 태연히 옆에 앉아 있고 취조를 당하는 사람은 순영이었다. 언성을 높이다 호소하다 해 보아도 해결의 실마리가 풀릴 기미가 보이지 않았다.

그때 밖에서 들어온 급사인 듯한 소년이 순영에게 무슨 불만이라도 있는 듯 잔뜩 인상을 쓰며 노려보고 있었다. 결국 문제를 미결로 남긴 채 경찰들은 급한 사정이 있으니 내일 다시 이야기하자며 순영을 돌려보냈다.

집으로 돌아온 순영은 그 물러터진 순한 성격에도 분을 삭이지 못해 불퉁거렸다.

"나쁜 계집애 한 마디 변명도 없이…."

"우리 내일 같이 가서 해결하면 돼."

나는 그를 안심시켰다.

아침 10시 반에 두 사람은 파출소에 도착했다. 그리고 얼마 후 미나가 들어왔다. 순경은 또 다시 순영에게 그녀와의 동침 횟수 같은 되지도 않는 질문을 하기 시작했다. 나는 그때 버럭 소리를 질렀다.

"무슨 취조를 그따위로 하는 겁니까? 저 여자에게 물어보세요. 몇 번이나 어느 여관에서 함께 잤는지, 그곳 투숙인 명부를 조사해 보면 알 것 아니예요."

미나는 한 마디 말도 없이 고개만 떨구고 앉아 있었다.

"김 형, 갑시다. 이런 취조 당할 것도 없고, 우리 경찰국장 삼촌에게 알리면 돼요?"

"자."

나는 순영의 팔을 잡아끌었다. 경찰국장 삼촌이란 황당한 거짓말이었다. 나는 언젠가 우리 과의 친구가 경찰국에 삼촌이 있노라는 얘길 듣고 꾸며낸 이야기였다.

그러자 그 순경은 태도가 180도로 달라지면서 내 손을 붙들고 사정하는 것이었다.

"미안하게 됐습니다. 잠깐만 기다리시죠."

그런 사이 또 다른 경찰관이 옆에 서 있던 소년과 무어라 귓속말을 주고받더니 그 소년이 밖으로 나갔다. 그때 먼저의 그 순경은 우리를 숙직실로 안내했다. 그리고 그녀의 신상에 관해 자초지종을 알려주었다.

미나는 시골에서 상경하여 몇 군데의 다방에서 일했다. 그때 군인 하나를 알게 되었고 그 군인(소위)과 동거생활에 들어갔다. 그렇게 얼마를 지내다 그는 월남 파병을 지원하여 그곳으로 떠났다. 그리고 몇 달 동안 꾸준히 생활비를 부쳐왔다. 또 다방생활을 청산하고 양재기술이라도 배우라는 편지도 보냈다. 그녀는 어찌 보면 지저분하기도 한 다방생활이 싫어졌다. 그래서 떳떳하지도 못한 그 직업을 청산하고 어느 양재학원에 등록하여 다니고 있었다. 그런데 월남에서는 보내온 편지며 송금이 갑자기 끊기었다. 그런 와중에 시골에선 취직이라도 해 보겠다고 동생까지 상경하였다.

바로 그런 상황일 때 그녀는 우리를 만났던 것이다. 그리고 그렇게 어려운 여건인지라 그녀는 순영을 이용해 먹기로 마음먹었다. 그러나 두 사람이 자주 만나면서 그녀는 순영의 순수함과 진실성에 마음이 끌렸던 것도 사실이었다.

그렇더라도 가면 속에 철저히 순영을 속이고 또 이미 깨끗하지 못한 과거를 지닌 그녀로선 더 이상 양심을 속이면서 계속 순영을 만나는 것은 더욱 무거운 죄를 짓게 된다는 생각을 했고, 이쯤해서 순영과의 관계를 끊으려 했던 것이다.

얼마 후에 밖으로 나갔던 소년은 이불 짐과 봉투 하나를 순영 앞으로 내밀었다. 그것은 순영에게 빌려갔던 이불과 꾸어간 돈 30만원이었다. 그리고 그것들을 가져온 그 소년이 바로 파출소의 급사로 있는 미나의 동생이었다.

파출소를 나서면서 그 순경은 여러 정황을 생각하면서 사실 그녀를 위해 다소 편파적인 수사를 했던 것을 백배 사죄했다.

바로 그때 순영은 미나를 불렀다. 그리고 말없이 들고 있던 돈 봉투를 그녀의 손에 쥐어주었다.

"자, 우리 가자고."

그는 내 등을 가볍게 밀었다.

'사랑하고 잃는 것이 사랑해 보지 않는 것보다 낫다' 는 알프레드 테니슨의 시처럼 그것은 정말 아름다운 장면이었다.

아버지의 뒷모습


지은이 / 백활영
펴낸이 / 김정희
펴낸곳 / 지구문학



110-122, 서울시 종로구 종로17길 12 215호(뉴파고다 빌딩)
전화 / (02)764-9679
팩스 / (02)764-7082



등록 / 제1-A2301호(1998. 3. 19)

초판발행일 / 2015년 8월 15일





값 10,000원



E-mail/jigumunhak@hanmail.net





ISBN 978-89-89240-67-9 03810